제 II 부

강성봉

파사주

破四柱

장편소설

차례

서序 ··· 7

물, 황천黃泉 ··· 13

길, 명도冥途 ··· 57

들, 묘지墓地 ··· 107

뫼, 망산邙山 ··· 159

숲, 신림神林 ··· 213

늪, 윤해輪海 ··· 257

종終 ··· 275

발문
삶으로의 긴 여로
박혜진(문학평론가) ··· 282

작가의 말 ··· 288

서.
序

아이들은 동굴에서 태어난다.

동굴은 들판 끝에 있었다. 금혼초와 개밀밭이 바람에 출렁이고, 하늘에서 깨끗한 새소리가 울려 퍼지는 곳. 돌무지 위 당목 너머, 구불구불한 산길을 올라가면 덤불 사이로 작은 구멍 하나가 모습을 드러냈다.

굴속에는 목구멍이 얼어붙은 사람들이 살았다. 부모와 형제가 시체 더미로 쌓이는 동안, 마을을 등지고 굴속으로 숨어든 주민들이었다. 발자국이 남을까 두려워 까만 돌 위를 숨죽여 걷던 밤. 무리 속에는 산달이 꽉 찬 임산부도 있었다. 그가 아이를 낳은 것은 굴에 숨어든 다음 날이었다.

갓난아이의 울음소리가 앉은뱅이 굴속에 우렁우렁 울렸다. 울음은 바위벽에 튕겨 천장에서 떨어지는 물소리를 삼키며 작은 빛처럼 소용돌이쳤다. 밖으로 울음이 새어 나가면 그들이 찾아올 것이다. 어른들은 움푹한 손으로 아이의 입을 막았고, 아이는 울음을 그치고 어둠 한가운데를 보았다.

아이는 굴에서 태어났다 하여 굴댕이라고 불렸다.
굴속에서 아이가 가장 많이 한 말은, 안 보여.
가장 많이 들은 말은, 쉿 조용히 해.
굴댕이는 어둠과 침묵 속에서 자라는 아이였다.

   돌들이 자라나듯 아이는 더디게 자랐다. 혼자는 아니었다. 등을 켜면 굴 벽에서 천장까지 그림자도 같이 자랐다. 멀리서 보면 죽마에 올라탄 피에로처럼 다리가 길었는데, 가까이 가면 굴댕이와 꼭 같은 크기가 되었다. 나는 나무, 너는 바다. 굴댕이는 그림자에 굴 밖에서 보고 싶은 것들의 이름을 붙여주었다. 올망졸망 작은 것은 부엉이, 납작 엎드린 것은 거북이, 웅크려도 커다란 것은 곰. 굴댕이가 이름을 늘려가며, 돌로 벽을 긁어 세상을 그릴 때마다 그림자 아이는 말했다. 그건 그림자일 뿐이라고. 가짜 은하수와 가짜 바다일 뿐이라고.
   살아 있는 새와 나무가 보고 싶다고, 어둠에 익숙해진 두 눈에 대낮의 세상을 담고 싶다고 굴댕이가 기도하면 그림자 아이가 속삭였다. 모든 것에는 생명이 있고, 생명이 있는 건 언젠가 사라진단다. 사람도, 바위도, 네 작은 손톱도. 영원할 줄 알았던 이야기도.

 사라지는 것이 두려워 눈을 감으면 그곳엔 또 다른 어둠과 침묵이 있었다. 어둠에는 어둠만 있는 것이 아니고, 침묵에는 침묵만 있는 것이 아니다. 거기엔 깊고 오래된 그림자도 있다. 그 속에 숨어서 양푼에 물방울을 받아 마시던 이들이, 잡초 뿌리까지 뜯어 먹던 이들이 하나둘 떠났다. 그들의 거뭇한 얼굴도, 소곤대던 목소리도 점점 희미해졌다.

 모두가 사라지고 홀로 남은 굴댕이는 그림자 아이를 꽉 끌어안았다. 이제 정말 끝일지도 몰라. 그러자 그림자 아이도 굴댕이를 안았다. 우린 진작에 끝났는데? 아이는 검은 손바닥을 펴 보였다. 우리한테 남은 건 이제 이거밖에 없어. 손바닥 위에는 은박지로 싼 계란처럼 생긴 물체가 있었다. 차갑게 빛나는 그것. 단단하고 고요한 그것. 굴댕이는 말없이 그것을 품에 안았다.

 희미한 빛이라도 남아 있다면, 아직 부서지지 않은 무언가가 남아 있다면, 둘은 끝내 갈라지지 않을 것이다. 굴 밖으로 떠나는 긴 여정에서. 물을 건너, 산을 넘고, 바다에 이를 때까지. 어두운 굴속에 스며든 침묵이 사라지고, 마침내 시체 더미 꼭대기에서 푸른 싹이 돋을 때까지, 그들은 함께 있을 것이다.

이제 두 아이는 굴 밖을 바라본다.

물, 황黃
천泉

I

눈을 떴을 때 기차는 역으로 들어서고 있었다. 유림은 반쯤 감긴 눈으로 창밖에 흘러가는 풍경을 보다가 몸을 일으켰다. 역을 지나쳤나. 시계를 보니 예상 시간보다 5분이 지나 있었다. 통로 건너편 자리에 해수는 없었고, 봇짐 같은 배낭을 둘러멘 늙은이 둘만 보였다.

―자-잠깐만!

그런다고 기차가 멈춰 서는 것도 아닌데, 유림은 소리부터 지르고 선반으로 손을 뻗었다. 선반에는 배낭이 있었고, 배낭 안에는 R이 들어 있었다. 배낭을 놓고 내려도 안 되지만 R을 잃어버리면 더 큰일이었다. 유림은 마음만 앞서 허둥대느라 좌석 끝에 무릎을 부딪쳤다.

그때 누군가 머리꼭지를 톡톡 두드렸다.

―뭐 해?

해수의 목소리였다. 고개를 돌리니 등받이 위로 해수의

얼굴이 보였다. 넌 거기서 뭐 하는데? 유림과 해수는 눈이 마주쳤고, 물음표가 엇갈렸다.

―네가 머-먼저 내린 줄 아-알았잖아.

―내가 널 두고 어디를 가냐.

해수는 어이없다는 표정을 지었다.

―뭐 나쁜 꿈이라도 꿨어?

나쁜 꿈? 꿈을 꾼 건 맞지만 나쁘다는 생각은 들지 않았다. 긴 터널을 통과하는 꿈이었으니까. 그들의 눈앞에 환한 출구가 기다리고 있었으니까. 그 꿈이 어쨌기에 해수가 먼저 내렸다고 생각한 걸까, 해수가 왜 날 버리고 떠났으리라 생각한 걸까. 유림이 꿈의 내용을 곱씹는데, 해수가 등받이 위로 두 팔을 뻗었다.

―야, 뭘 혼자 조급해하고 그래, 어차피 우린 갈 데가 없는데.

해수의 말과 함께 기차가 속력을 줄이며 역으로 들어섰다. 바퀴가 철로에 부딪는 소리가 가파르게 떨어졌다. 창밖으로 되풀이되던 산은 사라지고, 야트막한 잿빛 건물들이 나타났다. 승강장에서 푸른 제복의 역무원이 붉은 깃발을 흔들었고, 기차를 기다리는 승객은 보이지 않았다. 기차 밖 햇빛 아래 선명한 풍경이 의식과 같은 속도로 흘러갈 때, 이미 그들의 영혼은 몸을 떠나 있었다. 아니, 진작에, 해수가 유림의 머리꼭지를 톡톡 두드렸을 때부터였나.

―우린 이제, 가인의 땅에 온 거야.

승강장에 발을 디디며 해수가 속삭이자 유림의 두 눈을 밟고 있던 잠도, 어깨에 짊어진 배낭의 무게도 스르륵 사라졌다. 눈앞이 밝아지고 흐트러진 길들이 다시, 현실의 한 점으로 모여들었다.

2

가인의 땅. 말씀의 근원과 분리된 가인들이 에고(ego)에 갇혀서 사는 곳.

가인의 땅으로 오기 전, 벽돌집에 살면서 유림은 배웠다. 믿음이 사라지면 의심과 불안이 사람을 좀먹는다고. 스스로 기만하고, 그 기만을 드러내지 않으려 거짓말하고, 또 그런 거짓말을 하는 자신을 혐오하고, 결국엔 그런 혐오를 밖으로 돌려서 세상을 병들게 한다고. 그런 자들을 벽돌집에서는 가인이라 불렀다.

하나님께 온전히 제물을 바치는 자는 아벨, 그런 아벨을 시기하는 자는 가인. 여기까지는 성경을 읽어보지 않은 사람도 안다. 하지만 벽돌집이 아벨의 탑이며, 벽돌집 밖의 세상이 가인의 땅이라는 것은? 벽돌집에서 아벨은 말씀과 온전히 연결된 자였고, 가인은 말씀과 끊어진 자였다. 구원의 날에 아벨의 피는 말씀의 나라로 승천하고, 가인의 피는 가인의 땅을 떠돌 것이라. 그건 벽돌집의 교리이자 밥 먹을 때나 잠들기 전에 아이들이 읊던 기도문이었다. 어렸을 때부터 하도 되뇌어서 이제는 세뇌됐는지도 모르는 말들. 유림이 무얼 하려 할 때마다 머릿속에는 목소리가 울렸다. **똥오줌 싸기만 하고 공부를 안 하면, 그게 인간이야, 아니야. 내면을 넓히지 않고 살만 뒤룩뒤룩 찌면, 그게 인간이야, 아니야.** 그 목소리에 정신을 빼앗길 때마다 해독제가 되어주는 건 해수의 목소리였다.

해수는 늘 같은 말을 입에 달고 살았다.

―우리는 인간이 아니야.

벽돌집 안에서도, 밖에서도. 그럼 인간이 아니고 뭐냐 되물으면 해수가 답했다.

―우리는 인간이 아니라 가인이야. 허락할 가(可), 사람 인(人), 인간임을 허락받아야 하는 존재.

유림이 가인의 땅에 온 것도, 그 땅이 시작되는 기차역에 내린 것도 그런 해수의 말을 믿었기 때문이다. 너른 들판이 펼쳐져 있고 주변에 다른 건물은 찾아볼 수 없는 시골 역. 큰길 양쪽으로 늘어선 어린 버즘나무의 잔가지가 들판에서 불어오는 바람을 맞아 역 쪽으로 휘어져 있었다. 사위가 적막해 바람이 불지 않았다면 풍경은 멈춘 것처럼 보였을 텐데.

―너 여-여기 오-온 적 있어?

유림이 물었다.

―아니.

해수가 답했다.

―네가 말한 거랑 또-똑같은데?

―내가 뭐라 그랬는데?

―드-들판하고, 나-나무하고……. 음, 또-똑같았어. 넌 와보지도 않고 어- 어떻게 잘 알아?

―그래? 꼭 가봤다고 잘 아는 건 아니지. 넌 천국에 가봤냐?

해수는 웃었다.

―넌 몰라도 너무 몰라. 그래서 내가 많이 안다고 생각하는 거야.

유림이 가인의 땅에 대해서 아는 거라곤 해수에게 들은 이야기뿐이었다. 그러니 그 이야기가 진실이든 거짓이든 유림은 모두 믿었을 것이다. 해수가 수다스러운 안내자라면, 유림은 잘 듣는 초행자였으니까. 유림이 고개를 끄덕일수록 해수는 점점 더 믿음직한 안내자가 되었다.

큰길로 나서니 택시가 선 버스 정류장이 보였고, 기사 셋이 건들거리며 이야길 나누고 있었다. 건들거리는 폼을 보니 인간이로군. 해수는 그들에게 다가가 길을 물었다. 유림은 길을 알려주는 그들의 눈빛과 몸짓을 꼼꼼히 읽었다. 선글라스를 낀 기사는 눈썹을 찌푸리며 손가락을 천천히 들어 먹구름이 몰려드는 쪽을 짚었다. 비가 오면 어쩌나. 까마귀 떼처럼 새까만 먹구름은 유림의 의문에서 생겨났다.

―우리 어-어디로 가는, 거야?

유림이 물었다.

―몰라.

해수가 답했다.

―우린 그냥 해를 따라갈 거야.

아무렴 어떠냐는 듯 해수는 해맑게 웃었다. 그럴 때 해수는 꼭 길을 잃은 안내자 같았다.

*

해수가 들길로 들어서려 하자 유림이 말했다.
―그쪽에 기-길이 있을까?
해수는 빤히 유림을 보았다.
―우린 갈 데가 없다는데, 또 그러네.
―그래도 거-거긴 기-길이 없을 것 같은데…….
―가보면 알겠지.

해수는 성큼성큼 들길로 들어갔고, 유림도 마지못해 따라갔다. 둘은 들깨를 말리는 농가 앞뜰을 가로질러 주렁주렁한 감나무를 지났다. 길은 가을걷이가 끝난 빈 논으로 향했고, 들길은 다시 큰길로 이어졌다. 유림과 해수가 걸어가는 쪽으로 차들이 달려가며 가솔린 냄새를 풍겼다. 바람은 바퀴 구르는 소리를 내며 불어닥쳤다. 자동차 전용 도로에는 보행로가 없어서 유림과 해수는 가장자리로만 걸었다.

10분쯤 걸으니 길섶에 쌓인 사과 더미가 나타났다. 해수가 사과 두 알만 팔라고 하자 검은 얼굴의 농부는 귀찮다는 표정을 지어 보였다. 저런 표정을 짓는 걸 보니 인간이로군. 이제 유림은 해수의 표정만 봐도 무슨 말을 할지 알았다. 농부는 못생긴 사과 두 알을 골라 목에 두른 수건으로 스윽 닦고는 그냥 가져가라고 퉁명스럽게 던져주었다.

농부가 멀어지자 유림은 사과 한 알을 해수에게 건넸다.

―시-시작이 좋은데?

해수는 사과를 반으로 쪼개 유림에게 주었다.

―하나는 챙겨둬, 혹시 모르니까.

해수는 사과 반쪽을 씹으며 노래를 불렀다. 애플은 둥글어, 둥글면 백두산? 애플은 맛있어, 맛있으면 메두사? 음을 낮춰 흥얼거리는 노래, 제멋대로 가사를 짓고 멜로디를 끌어다 부르는 노래. 그럴 때 해수는 가인(可人)이 아니라 가인(歌人)이었다.

해수의 우스꽝스러운 노래를 들으니 유림은 시큼한 사과도 달게 느껴졌다.

3

가인의 땅으로 오기 전, 업장에서 만난 무당은 유림에게 말했다.

―형제가 많구나.

―아-아닌데요. 저 호-혼자인데요.

―그럼 엄마가 일찍 죽었네. 형제가 없는 걸 보면. 내 말이 틀리지 않지?

유림이 고개를 끄덕일 때까지 무당은 기다렸다. 인내심이 있는 무당이었다.

―네 엄마가 너한텐 물일 텐데, 이 물을 어디서 가져오나.

그때 옆에 있던 해수가, 제가 해수인데요, 아주 큰 물이죠, 하고 끼어들었다. 그때 무당이 매섭게 쏘아보며 뭐라고 했더라. 넌 여길 왜 왔어?

철거 직전 쿠바맨션의 불법 도박장. 엄마니 형제니 그런 대화를 나누기에 적당한 장소는 아니었다. 눈앞에 흰 구슬이 빠른 속도로 돌아가고, 구슬이 멈출 때마다 노름꾼들은 비명을 질러댔다. 칩들이 우수수 사라질 때마다 무당은 두 눈을 부릅떴다. 색동 한복이 아니라 나이키 티에 땡땡이 냉장고 바지를 입고서. 역도 선수처럼 탄탄한 몸매에, 눈과 코가 둥글고 입이 커서 아랍 사람 같다고 유림은 생각했다. 아니, 나이키 티에 냉장고 바지를 입은 아랍 무당이라니? 유림은 떠오르는 생각을 무작정 입 밖으로 내놓으면 안 된다고 벽돌집에서 배웠다. 유림이 아무 말도 하지 않자, 인내심 있는 무당은 게임 한 판이 끝나길 기다렸다가 한마디 했다.

―너는 나무다.

무당은 숫자판에 칩을 쌓고 말을 이어갔다.

―네 본성이 나무라고. 그것도 활활 타오르는 나무. 그러니까 물 쓰는 법을 잘 알아야 해. 네 안의 불을 꺼트리지 않고 나무를 키우려면.

활활 타는 건 잘 모르겠고, 물 쓰는 법은 안 알려주시나요? 이런 말은 했어도 좋았을 텐데, 유림은 못 했다. 무당은 쯧쯧 혀를 차며 룰렛 숫자를 적는 종이 뒷면에 뭔가를 끼적여 툭 던졌다.

―이게 바로 너다.

종이에는 한자 두 개가 쓰여 있었고, 그 아래에는 나선형 동그라미가 그려져 있었다. 안에서 시작된 나선이 뱅글뱅글 소용돌이를 그리며 점점 커졌다. 유림은 소용돌이 한가운데를 손가락으로 문질러보았다. 룰렛 위를 빙글빙글 도는 흰 구슬처럼 어지러웠다. 활활 타는 나무라니. 불을 꺼트리지 않고 나무를 키워야 한다니. 대체 뭔 소릴 하는지 모르겠어서 그 뒤로 까맣게 잊고 있었는데, 눈앞에 큰 물이 나타나자 무당이 한 말이 다시 떠올랐다. 운명이 중요한 게 아니야. 그걸 깨고 나아가야 진짜 네 길인 거지. 한번 쓰러진 나무가 다시 서긴 어려운 법이지만, 너는 물을 끌어올 방법을 알고 있다.

4

 유림의 눈앞에는 큰 물이 펼쳐져 있었다. 강도 호수도 바다도 아니었다. 어디서 흘러와서 어디로 흘러가는지 알 수 없고, 그 폭과 깊이도 가늠할 수 없는 큰 물이었다. 건너편에 먹구름까지 낮게 떠 있어 물빛은 어두웠다. 큰 물을 사이에 두고 양쪽 기슭은 거울에 비춘 듯 닮아서, 이쪽 기슭에 흰 새 떼가 물 위를 떠다니면, 저쪽 기슭에는 검은 새 떼가 물 위를 떠다녔다. 갈대숲에 숨어 있던 흰 새들이 푸드덕 날아오르자 저쪽 검은 새들도 날아올랐다. 이쪽 기슭에는 중세 성채의 감시탑을 닮은 콘크리트 구조물이 서 있었는데, 그 앞으로 긴 둑이 물을 가로질러 저쪽으로 이어졌다. 물은 이쪽과 저쪽 사이를 가르는 경계였고, 둑은 역류를 막는 벽이자 물을 건너는 길이었다.

 먹빛의 물이 바람에 출렁이며 숨은 빛깔을 드러냈다. 누런색이라고 믿으면 누런색, 푸른색이라고 믿으면 푸른색, 검은색이라고 믿으면 검은색이었다.

―물이 아니라 우주 같아.

 해수의 말이 우주처럼 어둡고 깊다는 뜻인지, 아니면 우주처럼 알 수 없다는 뜻인지 유림은 곰곰이 생각해보았다.

물속에 쌓인 낙엽 무덤 위로 기억이 흘러가고 있었다. 버리고 싶은, 그러나 버리지 못한 기억의 찌꺼기들이 흘러드는 폐수처리장. 다가갈수록 악취 같은 두려움이 밀려왔다.

―나 여기도 와본 것 같아. 대-대-대부자를 느껴.

―데자뷔.

해수가 유림의 말을 고쳐주었다. 유림은 여전히 물에서 시선을 떼지 못했다.

―무-물속에 뭐가 있어.

물 밑에서 그림자들이 움직였다. 물고기도 벌레도 아니었다. 물에 부유하는 먼지 같은 것들. 다리가 여덟 개 달린 뱀들이 형광빛을 내며 스르륵 물속을 유영해 갔다.

유림이 물었다.

―뭐-뭐야, 뱀이야?

―저건 뱀도, 물고기도 아냐.

―그-그러면?

―망각어라는 놈들이야. 기억의 폐수처리장을 돌아다니면서, 거기 부유하는 알갱이들을 먹고 살아.

해수의 설명을 들으며 유림의 눈은 망각어를 쫓았다. 망각어에게 기억이 먹히면 그 사람들은 어디로 가는지 잊고 물가만 빙글빙글 돌게 되기 때문에 계속 보면 안 된다고 해수가 말했다. 그러나 유림은 물에서 고개를 돌리지 못했다. 그 안에는 유림을 유혹하는 기억들이 먼지처럼 둥둥 떠다니고 있었다. 기쁜 마음으로 들여다보면 기쁜 일들이, 슬픈 마음으로 들여다보면 슬픈 일들이 그 안에서 출렁였다. 망각 어들이 기억의 알갱이들을 삼키고 토해낼 때마다 물 주름이 생겼고, 물 주름은 유림에게 밀려오며 물었다. 기억할 것인가, 망각할 것인가. 그 물음은 잔잔히 흐르다가 휘몰아쳤고, 완전히 사라진 듯 잠잠하다가도 어느새 정신을 차렸을 때는 저 멀리 커다란 해일이 되어 유림을 덮쳐왔다.

*

그건 유림이 어릴 때 다리 위에서 내려다보던 강물이었다. 시골집에 가려면 꼭 건너야 했던 다리, 꿈이나 기억 속에선 아찔한 높이로 등장하는 다리와 거기서 보았던 시퍼런 강물. 그래, 그런 것들.

여섯 살 무렵, 유림은 외갓집에 맡겨져 있었다. 아니, 외갓집에 맡겨졌다고 믿었다. 그곳이 외갓집이 아니라는 사실을 알게 된 것은 벽돌집에 오고 나서였다.

한 시간에 한 번 버스가 다니는 시골. 큰길에서 5분만 걸어 들어가면 새마을운동 때 지은 농촌 시범주택 단지가 나왔다. 똑같은 모양, 똑같은 색의 집들. 때가 타서 잿빛으로 보이는 하얀 타일, 가파르게 솟은 파란 지붕, 그 아래 가려져 반만 보이던 다락 창문. 시멘트 블록으로 쌓은 담 뒤쪽으로 실개천이 있었다. 그러면 거기에서 흐르던 물인가? 아니다. 거긴 장마철에만 물이 콸콸 흘렀고, 평소엔 백태가 낀 듯 허옇게 마른 돌들만 굴러다녔다. 마당과 집 주변을 한 바퀴 돌고 들어온 집은 언제나 고요했다. 첫 번째 방문을 열고 들어가면 배가 부른 막내 이모가 두 손을 공손하게 배에 올린 채 잠들어 있었다. 두 번째 방문을 열고 들어가면 작은이모가 죽은 듯이 엎드려 있었고, 그 옆에는 백일도 안 된 핏덩이가 꾸물거렸다. 작은이모는 낮에도 밤에도 텔레비전을 보다가 그대로 잠들곤 했다. 엉덩이 부분이 늘어진 추리닝을 입고, 뻥튀기 소쿠리 안에 팔을 넣은 채. 텔레비전에서는 옛날 시트콤의 가짜 웃음소리가 와르르 흘러나왔다. 소리가 새어 나오지 않도록 조심스레 문을 닫으면 집 안은 아무도 없는 것처럼 고요했다. 햇살이 쏟아져 들어오는 거실 바닥에 유림은 그저 겸손하게 눕고 싶었다.

가짜 외갓집엔 이모들과 아이들까지 열한 명이 함께 살았다. 배가 불룩하거나 막 아이를 낳아 얼굴이 퉁퉁 부은 이모들이었다. 그곳 아이들은 다 엄마가 있는데 유림만 엄마가 없었다. 엄마는 언제 오나. 만약 엄마가 온다면 다시는 헤어지지 않을 거였다. 그러나 해가 지고 다시 떠올라도 엄마는 오지 않았다.

─네 엄마가 오지 않는 건 이유가 있어서야.

이모들은 이유가 있다고만 했지, 그 이유가 무엇인지 알려주지는 않았다. 그러나 그 말만으로도 어린 유림에겐 위로가 됐다. 그래, 무슨 이유가 있겠지.

해수가 알았다면 그건 진짜 기억이 아니라고, 가인으로 학습된 기억일 뿐이라고 말할지도 모르지만, 유림에게 남아 있는 엄마의 기억은 딱 하나뿐이었다. 기억 속에서 엄마는 다리 난간에 올라서 있다. 노란 점들이 박힌 검정 치마를 펄럭이며. 다리를 들어 올려 은색 난간을 넘어가려 한다. 아-아-안 돼. 유림은 엄마를 붙든다. 힘이 없어서 안쪽으로 끌어 올리진 못하고 그저 떨어지지 않게만 꼭 끌어안는다. 난간을 사이에 두고서. 손가락을 몸에 박고. 손에서 힘이 빠지면 시퍼런 물이 엄마를 삼킬 테다. 엄마는 유림을 노려보며 말한다. 넌 참 못생겼다, 그 새끼를 닮아서. 엄마는 쌍욕을 뱉는다. 개새끼. 그럼 어-어-엄마는 개야? 씹새끼. 그럼 어-어-엄마는? 자기 새끼를 미워하는 엄마도 있나? 유림은 어찌할 바를 모르고 바람 부는 다리 위에서 엄마를 끌어안고만 있었다. 끌어올리지도 놓아버리지도 못한 채. 이 악몽이 어서 끝나기만을 기다리면서. 그게 유일하게 붙들고 있는 엄마의 기억이었다. 어린 유림이 처음으로 말을 더듬은 순간이었다.

*

—야, 여기 구경하러 온 거 아니잖아. 그만 가자.

해수의 말에 유림은 물 가운데를 바라보다가 퍼뜩 정신을 차렸다. 그래, 이제 해수와 함께 있으니 괜찮다. 유림은 해수를 따라 둑길로 걸어갔다. 둑 위로 희고 검은 새들이 파드득 날아올랐다. 하늘은 더욱 큰 물이었다. 물속에 다리 달린 물고기들이 있다면, 하늘에는 날개 달린 물고기들이 있었다. 새 떼는 흐늘거리는 V자 편대비행으로 콘크리트 구조물 위를 지나 사라졌다.

—너, 새 좋아해?

해수가 묻자 유림은 고개를 끄덕였다.

—난 별론데. 자기들만 고귀하고 자유롭잖아. 발에 더러운 것도 안 묻히고.

해수가 짓궂게 웃으며 말을 이어갔다.

―맨 앞에서 난다고 해서 그 새가 우두머린 건 아니래. 한 마리가 나머지 새들을 이끌지 않는단 거지. 쟤들은 이미 알고 있거든, 어느 방향으로 날아가야 할지. 머릿속에 자석 같은 게 들어 있어서.

유림도 아는 이야기였다. 그 뒤에 이어지는 말들도 분명히 기억했다. 맨 앞에서 나는 새가 바람의 저항을 가장 많이, 그리고 오래 받는다. 체력이 좋은 새가 먼저 바람을 받아 뒤쪽 새들의 저항을 줄여주고, 맨 앞의 새가 힘이 떨어지면 저항을 적게 받던 다른 새가 앞으로 날아와 교대로 무리를 이끈다. 그것이 새들이 멀리 날아가는 비결이라고 했다.

―그-그거 매-매뉴얼에 있던 말이잖아. 맨 뒤에서 난다고 어, 어린 새가 아니다. 공중에서 새-새-새끼는 어른이 된다. 그리고 앞으로 날아가 무-무리를, 이끈다…….

표지에 새 떼가 그려진 포교 활동 매뉴얼. 벽돌집에 있을 때 유림은 거기에 적힌 말들을 외우고 또 외웠다. 그 믿음과 소망을 심어주는 말들이 실은 세뇌와 착취의 말이었다는 걸, 거길 도망치고 나서야 알았다. **가짜 100명을 데려와봤자 실속 없어. 진짜를 데려와야 해. 걔들하고 형 동생을 만들어. 인연의 줄로 쫙쫙 옭아매. 겁주지 말고 헛소리도 말고. 전도는 네**

트워크로 하는 거야. 물을 건너가는 발걸음은 이제 그 말들에 얽매이지 않겠다는 다짐이었다. 유림과 해수는 앞서거니 뒤서거니 둑 위를 걸어갔다. 바람과 먼지가 심하게 불면 해수가 앞장서서 막아주었고, 해수가 지치면 유림이 앞으로 나섰다. 두 발에 진흙을 잔뜩 묻힌 채로 유림과 해수는 큰 물을 건너갔다.

5

서너 시간도 걷지 못하고 해수는 길 가운데에 주저앉았다.
―이것도 살아 있는 몸이라고 힘드네.
넋두리를 늘어놓다가
―내가 언제 이렇게 걸어봤겠냐!
하늘을 보며 투덜대고는
―발 아프면 황천길도 못 가겠네.
애늙은이처럼 너스레를 떨었다.
―가-가-가인은 통증을 모-못 느낀다며?
유림의 말에 해수는 딴청을 부렸다.
―가-가인은 인간보다 체력이 뛰어나다며?

유림의 말에 해수는 멋쩍게 웃었다.

―앤 뭐 이렇게 진지해. 잠깐 쉬자는 얘기지. 진짜 힘들어서 그래.

힘들기는 유림도 마찬가지였다. 진작에 뜨거운 바람이 등골에 불을 붙여대고 있었다. 불길이 엉덩이와 종아리를 타고 내려왔고, 초행길에 대한 두려움이 그 불길에 기름을 부었다.

―그-근데 오늘은 어디서 자?

유림은 배낭을 내려놓고 해수 옆에 앉았다.

―교회 가서 하나님한테, 절에 가서 부처님한테 재워달라고 해야지.

―누-누구 맘대로.

―마을 회관? 여인숙? 정 안 되면 텐트 치면 되고.

해수는 자기 배낭을 팍팍 두드렸다. 기차를 타기 전에 그들은 마트에서 중국제 낚시 텐트와 침낭을 샀다. 2인용 코펠과 버너, 수저와 과도, 쌀과 라면, 분말수프도 샀고, 그걸 담을 45리터 배낭까지 샀다. 무거운 배낭을 메고 걸으면 당이 떨어질 테니 세 가지 과일 맛 사탕도 잊지 않았다. 난 정말 이런 걸 해보고 싶었거든, 인간들처럼. 해수가 물건을 사면서 했던 말이 떠올라 유림은 슬며시 웃음이 나왔다. 순간

눈꺼풀을 누르고 있던 피로가 바람을 타고 달아났다. 그때 해수는 캠핑을 준비하는 아이처럼 신이 났다. 인간이 어쩌고 할 때는 애늙은이 같았는데, 두 눈을 반짝이며 물건을 고를 때는 영락없이 또래 아이였다. 그런 천진난만한 모습이 보기 좋아서, 해수가 얼마 쓰지 못할 물건을 골라도 유림은 별말 하지 않았다. 둘은 남은 사과를 반으로 쪼개어 나눠 먹고 다시 일어나 걸었다.

곧 마을이 나타났다. 한눈에 봐도 활기 없는 마을이었다. 길을 따라 나뭇결 또렷한 대문이 늘어서 있는데, 안쪽에서 인기척이 느껴지지 않았다. 텐트를 사면서 해수는 어디서든 자겠다고 큰 소리를 쳤었다. 땅을 깔고 하늘을 덮고. 그런데 그 생각은 첫날, 마을 어귀에 들어선 지 얼마 되지 않아 흔들렸다. 날은 저물었고, 마을은 생각보다 작아서 교회나 절을 찾아볼 수 없었다.

ㅡ아, 목탁 구멍 속에 기어들기도, 길 잃은 어린양 되기도 쉽지 않네. 오, 엘도라도!

해수는 과장되게 흥얼거리며 러브호텔의 네온사인을 가리켰다.

ㅡ하-하나님, 부-부처님 하던 요-용기는 어딜 가고?
ㅡ모텔 이름이 절묘해서 그런 거거든?

해수는 엘도라도라는 글자를 가리켰던 검지를 까딱거렸다.

―오늘은 텐트에서 자야겠다. 힘들게 지고 왔는데, 한번은 쳐야지?

유림과 해수는 마을 중심부로 들어갔다. 거리는 고요했고 상가의 셔터는 죄다 내려져 있었다. 텅 빈 거리 저편에서 뛰노는 아이 서넛이 보였는데, 다들 얼굴과 팔뚝과 종아리가 파랬다. 옷도 낡고 찢어져 있었다.

―잠깐 쉬자. 그냥 가기가 좀 그러네.

해수가 길가에 주저앉아 배낭을 풀었다. 그때 한 남자아이가 달려왔다. 태권도 도복을 입고 있었는데, 목에는 검붉은 상처가 또렷했다. 해수가 주머니에서 자두 맛 사탕 몇 개를 꺼내자 아이는 움츠린 목을 폈다.

해수는 아이 허리춤에 두른 갈색 띠를 가리켰다.

―이건 무슨 띠니? 고동 띠?

―아니요. 밤띠예요. 품띠까지 따야 하는데…….

무슨 잘못이라도 저지른 양 아이의 얼굴이 어두워졌다.

경계하던 아이의 얼굴이 풀린 건 다른 아이 둘이 달려와 합류하고 나서였다. 아이들은 혼자 있을 땐 말이 없었지만, 같이 있을 때는 배로 시끄러웠다. 주위를 빙글빙글 돌며 아이들이 떠들어대자 해수가 물었다.

─너희 지금 뭐 하고 노는 거야?

아이 하나가 대답했다.

─술래잡기요.

해수가 고개를 갸웃했다.

─술래가 누군데?

다른 아이가 대답했다.

─우린 술래가 없어요.

한 아이가 말을 꺼내자 다른 아이들도 동시에 떠들었다.

─우리 술래가 없어? 그럼 누가 잡아? 네가 술래 아니었어?

머리를 양 갈래로 딴, 열 살쯤 된 여자아이가 해맑게 웃으며 외발로 깡충깡충 뛰어와 마지막으로 합류했다. 한쪽 팔과 다리가 없는 아이였다.

아이들은 유림과 해수의 주위를 빙글빙글 돌며 노래를 불렀다.

너희 다 가나
다 같이 가지
어디로 가나

굴댕이 보러 가지
어떻게 가나
황천을 건너서
명도를 걸어서 가지

물음과 대답을 주고받는 노래였다.

너희 다 가나
다 같이 가지
어디로 가나
굴댕이 보러 가지
묘지를 넘어서
망산을 올라서 가지

아이들의 노래는 돌림노래처럼 이어졌다.

너희 다 가나
다 같이 가지
어디로 가나
굴댕이 보러 가지

힘들어도 어쩌겠나

눈물 나도 어쩌겠나

애들이 가자는데 어쩌겠나

―그게 뭔 노래야?

해수가 관심을 보이자 태권도 도복을 입은 아이가 말했다.

―이 노래 모르세요? 우리도 몰라요. 그냥 술래잡기할 때 부르는 노래예요.

―굴댕이가 뭔데?

―소원을 들어주는 도깨비 같은 거래요.

다른 아이가 말했다.

―동굴에 사는 괴물이라던데?

또 다른 아이가 말했다.

―아냐, 그냥 우리 같은 애들이랬어.

―굴댕이는 어떤 소원이든 다 들어준다고 했거든.

―굴댕이는 세상 모든 걸 안다고 했거든.

아이들의 목소리가 높아지자 해수가 다시 물었다.

―그 노래는 어디서 배웠니?

―학교에서요.

―너희도 학교에 다녀?

―거기서 우린 온종일 놀아요.

아이들이 서로 먼저 말하려고 해서 귀가 따가울 지경이었다. 아니야, 거긴 재미없거든. 아니거든. 그렇거든.

―그래, 천국이 따로 없네. 학교가 어딘데?

해수가 묻자 여자아이가 하나뿐인 팔을 휘적거리며 학교 위치를 알려줬다. 이번에는 시끄러워서가 아니라 입안에서 말이 웅얼거려 알아들을 수가 없었다. 그래도 해수는 고개를 끄덕이며 또 물었다.

―여기서 머니?

―한 발로 가면 느리고, 두 발로 가면 빠르죠.

여자아이의 말에 유림과 해수는 서로의 얼굴을 바라보았다.

해수는 세 가지 맛 사탕을 아이들에게 나눠 주었다. 난 자두, 넌 청포도, 오렌지는 싫어, 하고 아이들이 실랑이를 벌이는 동안 유림과 해수는 그곳을 빠져나왔다.

아이들이 멀어지자 유림이 물었다.

―쟤-쟤들은 뭐야. 왜, 여기서 저러고 있어?

―두 가지 정도 가능성이 있지. 망각어에게 기억을 빼앗겼거나…….

―빼-빼앗겼거나?

―학습이 덜 돼서 자기가 버려졌는지도 모르는 거야.
―그-그럼 쟤네도 가-가-가인이야?
―그렇지.
―왜 버려져-졌는데?
―그야 부모가······.

해수는 거기까지 말하고 쉿, 하며 검지를 입에 가져갔다. 사탕을 나눈 아이들이 마치 술래를 쫓듯이 그들을 따라왔기 때문이었다.

유림은 목소리를 낮췄다.

―저-정말 학교로 갈 거야?
―그 정돈 각오했잖아. 텐트 한번 쳐야지. 애들이 가르쳐준 성의도 있고.

아이들은 웅성거리며 학교 앞 골목까지 유림과 해수를 따라왔다.

―굴댕이 보러 가요. 굴댕이를 만나면 꼭 물어보세요. 세상의 모든 것을 알고 있대요.

아이들은 담벼락 뒤에 숨어서 유림과 해수가 정말로 학교에 가는지 지켜보았다. 해수는 힐끗 뒤돌아보며 웃었다.

―봐, 이제 돌아갈 수도 없게 됐지?

6

 담 안쪽은 빽빽한 느티나무 숲이었다. 어두운 숲 사이로 한 줄기 빛이 새어 나와 유림은 걸음을 멈췄다. 학교 안은 텅 비어 있었고, 교실로 보이는 기다란 1층 건물 앞에 가로등 하나만 밝혀져 있었다. 초저녁인데 건물 안은 캄캄했다.

 ―여기 아무도 없는 거 아냐?

 해수가 두리번거리며 말했다. 한눈에 들어올 만큼 작은 학교. 운동장엔 잡초가 무릎 높이까지 자랐고, 학교 건물의 상아색 벽면은 페인트칠이 벗겨져 얼룩덜룩했다. 정문 안쪽으로 들어가자 느티나무에 앉았던 비둘기들이 후드득 날아올랐다.

 유림과 해수는 학교 안을 훑다가 농구장을 발견했다. 낙엽이 수북이 쌓여서 녹슨 농구대가 원래 높이보다 낮아져 있었다. 둘은 평평하고 푹신한 바닥을 골라 텐트를 쳤다. 공중에 던지면 화들짝 펴지는 자동 텐트였다. 유림이 텐트를 바닥에 고정하는 사이, 해수가 배낭에서 코펠을 꺼냈다.

 ―그래도 기분은 내야지?

 해수는 콧노래를 부르며 수돗가에서 물을 받아 왔다. 버너에 불을 붙이고 나서 둘은 못다 한 이야기를 이어갔다. 아까 그 애들은 누굴까, 왜 여기 있을까, 그것도 그런 끔찍한 모습으로. 유림과 해수가 대화하는 동안 학교 안은 점점 어두워졌다.

―그 애들은 그냥 여기서 기다리는 거야. 아무것도 모르는 애들인데, 어딜 가겠니?

―누-누굴?

―누굴 기다리냐고? 아니, 진짜로 누가 온다고 해서 기다리는 게 아니라, 그렇게 학습된 거라고. 기다리고 기다리고, 또 기다리라고. 그게 매뉴얼이야. 진짜 데리러 올 거면 버리지도 않았지.

해수는 그 말을 하면서 덤덤하게 하늘을 올려다보았다. 기다리는 게 가인의 매뉴얼이라고? 어쩌면 그 말이 맞을지도 모른다. 시골집에서 유림도 저 아이들처럼 기다리고 또 기다렸으니까. 해수의 말대로 데리러 올 거라면 버리지도 않았을 테니까. 어디까지 해수의 이야기를 들어줘야 할지 몰라서, 또 해수의 말대로 그 애들이 진짜 가인인 것 같아서, 무엇보다 그 말을 하는 해수의 마음이 저 눈앞에 보이는 운동장과 같이 깜깜해서, 유림은 흔들렸다.

―여-여긴 아직 깊은 무-물속 같아.

유림은 랜턴으로 어두운 운동장과 학교 건물 벽을 번갈

아 비추며 말했다.

―저-저긴 수-수몰된 학교.

유림은 깃발 없는 국기 게양대 끝을 비췄다.

―저-저긴 수초들.

유림은 잡초들이 자라난 운동장 한쪽을 비췄다.

―여-여긴 정말 벼-벼-벽돌집 같아.

벽돌집 얘기까지 꺼냈는데도 해수가 반응이 없었다. 유림이 다시 말을 이었다.

―그-그래도 여기 애들은 바-밤중에 야-야구는, 야구는 안 했으면 조-좋겠다.

―그만.

해수가 유림의 손에서 랜턴을 뺏었다. 그리고 딸깍, 하고 랜턴을 껐다. 한밤중 캄캄한 학교에는 부글부글 물 끓는 소리만 가득했다.

7

―야구 함 할까?

그건 벽돌집에서 유림이 가장 두려워한 말이었다. 벽돌

집에서 손 들기와 엎드려뻗쳐와 대가리 박기는 하지 않았
다. 대신 야구를 했다. 한밤중에, 그것도 방 안에서. 선배들
은 방망이를 잡지 않았고, 힘없는 애들만 방망이를 잡았다.
　―방망이 하나 구해 와, 제대로 된 놈으로.
　―어디 쓸 만한 걸 가져오나 볼까?
　선배들의 말에 유림과 해수는 밖으로 나갔다. 창고에는
각목, 얇은 방망이, 굵은 방망이 세 종류가 있었다. 유림이 무
얼 가져갈지 고민하는데 해수가 굵은 방망이를 덥석 잡았다.
　―야, 짱짱한 놈을 가져왔네.
　선배들이 해수가 가져온 방망이를 보며 웃었다.
　―방망이 꽉 쥐어라. 뒤진다.
　선배들의 말에 해수는 방망이를 쥐고 타격 자세를 잡았다.
　―문 닫고. 공이 천장이나 문 맞으면 홈런, 오케이?
　선배들은 시시덕댔다.
　해수가 방망이를 들고 한쪽 끝에 서면 선배들이 야구공
을 들고 반대쪽 끝에 섰다. 투수와 타자 사이는 그리 멀지 않
았다. 넓지 않은 방 안이라 날아오는 공을 치기는커녕 피하
기도 힘든 거리였다. 몸을 움츠려 가까스로 피하면 선배들
은 낄낄댔다.
　―잘하는데?

그러고 나서 더 많은 공을 던졌다.

유림은 조장 선배에게 말했다. 차라리 자기가 맞겠다고, 아니면 해수와 같이 맞겠다고. 해수를 위해서가 아니었다. 유림 자신을 위해서였다. 아무것도 하지 않고 야구공에 두들겨 맞는 해수를 보는 게 더 두려웠다.

조장이 나지막이 말했다.

―넌, 맞으면 진짜 죽어.

유림이 맡은 역할은 관중이었다. 해수가 방망이를 휘두를 때마다 유림은 옆에서 손뼉을 쳤다. 그건 해수가 그분 앞에서 죄를 지었을 때 유림이 동조해서 받는 벌이었다.

벽돌집 아이들은 그분을 아버지라고 불렀고, 또 선생님이라고 부르다가, 결국 아버지 선생님으로 불렀다. 세상의 이치를 알고, 아이들을 보살펴주니 그보다 더 알맞은 이름이 없었다.

한 달에 한 번, 아버지 선생님 앞에서 아이들이 저지른 죄를 고백하는 시간이 있었다. **타락한 인간들은 가슴으로 뭐가 오지도 않아. 온다 해도 회개를 안 해. 회개를 안 하면 인간이 안 돼. 인간이 안 되면 내 앞에 있을 필요가 있어, 없어?** 아버지 선생님은 특유의 질질 끌면서도 우렁찬 발성으로 외쳤다. 확신에 찬 사람만이 낼 수 있는 목소리, 무슨 명령을 내리든 따라야만 할 것만 같은 목소리. 그런 목소리로 기도하라고 하면 아이들은 기도했고, 회개하라고 하면 회개를 쏟아냈다. 아버지 선생님 말씀이 거짓인 줄 알았어요, 엄마가 보고 싶어서 몰래 전화했어요, 무조건 제가 잘못했어요 등등. 아이들의 말은 정해져 있었다. 우리 아빠는 살인자예요. 우리 엄마는 창녀예요. 근데 괜찮아요. 우리는 말씀의 자식으로 거듭날 거니까요. 아이들은 저 말을 되풀이하면서 자기 뺨과 머리통을 때렸다. 스스로 목을 조르는 아이도 있었다. 아이들이 회개하고 있으면 아버지 선생님이 다가와 머리를 스윽 쓰다듬었다. 내가 너의 아버지이고 선생님이니라. 너희의 회개를 받아들여 용서했다는 신호였다. 벽돌집 아이들은 자책하고 회개하고, 자책하고 회개하기를 되풀이하며 수렁으로 한 발씩 걸어 들어갔다. 아이들의 약한 마음을 움켜잡는 회개의 의식은 벽돌집이 돌아가는 원동력이었다. 한 달에 일곱 번 하는 예배 중에서 회개 시간이 가장 중요했다.

회개 시간에 아이들은 숨죽이고 기다렸다. 금방 울 것 같은 표정을 하고 앉아 있다가도 자기 차례가 되면 얼굴에 거짓 생기가 돌았다. 다른 아이들은 무대로 나가는 발걸음이 갈지자로 엇갈렸는데, 해수는 성큼성큼 걸어가 당당하게 외쳤다. 여기는 벽돌집이 아니라 연구소다. 우리는 고아가 아니라 실험용 가인이다. 예배당은 얼어붙었고, 아이들은 차가운 숨만 삼켰다. 해수는 회개 시간에 고할 죄를 즉석에서 만들어버렸던 셈이다.

그런 해수의 모습이 너무도 황홀해서 유림은 눈이 부셨다. 아이들의 침묵을 깨뜨리는 용기가 대단해서, 자기는 죽었다가 깨어나도 그런 용기를 낼 수 없을 것 같아서, 저도 모르게 박수가 터져 나왔다. 다른 아이들은 굳은 얼굴로 둘을 노려보았다. 아버지 선생님과 벽돌집 간부들도 지금 자기가 뭘 들은 건지, 신성한 회개 시간에 어떻게 이런 엉뚱한 소리를 할 수 있는지 믿을 수 없어서 서로 얼굴만 쳐다보았다. 만약 해수가 그런 말을 꺼내지 않았더라면, 아버지 선생님이 해수를 향해 손가락질하지 않았을 테고, 벽돌집 원장과 간부들이 우르르 몰려가 해수를 끌어 내리는 일도 없었을 텐데.

그날부터 유림과 해수는 매일 밤 야구를 했다. 헛소리를 지껄인 해수는 방망이를 잡았고, 손뼉을 친 유림은 옆에서 지켜보았다. 선배들은 해수가 스윙할 때마다 유림에게 손뼉을 치라 했다. 유림이 치지 않으면 해수가 공을 하나 더 맞았다. 해수는 야구공에 맞으면서 한 번도 울지 않았다. 눈물을 흘리든 엄마를 부르든 변하는 건 없을 테니까. 얼굴만 빼고 온몸이 보랏빛으로 물든 해수를 유림은 끝내 똑바로 바라보지 못했다.

스무 번째 야구가 끝나던 날, 유림은 해수 옆에 누워서 물었다.

―아-아파?

―아니.

―그-그럼 안 아파?

―아니.

―그-그럼?

―죽을 것 같아.

―…….

―간지러워서 죽을 것 같다고. 벌레가 막 물어뜯는 것처럼, 머리부터 발끝까지 전부. 차라리 뇌를 꺼내 긁고 싶다니까.

그러고는 간신히 말을 이어갔다.

―이건 테스트야. 내가 비밀을 알 거든? 처음엔 가인91호가 공에 맞았어……. 92호가 폐기되고 나서는 93호가 맞았고…… 93호가 폐기되니까 94호가 맞는 거야……. 이젠 94호마저 폐기돼서 우리 차례가 된 거지……. 우린 가인95호와 96호이니까.

해수의 말을 듣고 유림은 당황하지 않았다. 해수가 야구공을 하도 맞아서, 혹시 미치지는 않았는지 의심하는 대신 그 말을 믿었다. 그렇게 믿을 수밖에 없었다. 해수가 공을 맞아서 유림이 맞지 않을 수 있었으니까. 궤적도 방향도 없이, 시간과 공간을 뚝뚝 분지르면서, 여기서 날아오는 듯싶다가도 저기서 날아오는 공. 보고 피하면 이미 늦다. 선배들의 움찔하는 어깨를 보자마자 몸을 틀어야 한다. 피하고 나면 다른 공이 또 날아들었다. 공에 맞을 때 해수는 암흑 속에서 있었다. 해수가 맞을 때마다 손뼉을 치는 유림도 암흑 속에 있었다. 둘은 각자의 암흑 속에 있었고, 그 암흑 속에서 유림과 해수는 인간이 아니어야 했다.

―야! 밤중에 뭔 야구야. 야구는 낮에, 나가서 해라.

실컷 공을 맞고 나서야 소대장이 들어왔다. 그건 오늘은 그만하고 내일 또 하라는 신호였다.

―옛썰!

선배들은 소대장에게 경례를 올려붙였다. 소대장의 묵인 속에서 아이들은 조금 과격하게 야구 놀이를 한 것뿐이었다. 한밤중에, 그것도 방 안에서. **욕을 해서도, 빠따로 때려서도 안 돼. 네가 갖고 있는 달랑달랑한 목숨, 그걸 갖고 놀 수 있다는 걸 보여줘야 해.** 그게 유림과 해수가 벽돌집에서 겪은 일들이었다. 아이들도 알았고 어른들도 알았다. 누군가는 알지만 모른 척했다.

8

 은색 코펠 냄비에서 물이 펄펄 끓었다.

 유림과 해수는 사발면을 먹었다. 고통보다 허기를 달래는 게 먼저였다. 허기를 채우니 졸음이 몰려왔고, 둘은 저녁 8시가 되기도 전에 텐트로 기어 들어갔다.

 밤새 비가 내렸다. 텐트를 후려치는 빗소리에 유림은 잠을 이루지 못했다. 텐트가 떠내려가진 않을까, 안으로 물이 스며들진 않을까. 해수가 뒤척이는 바람에 대여섯 번 잠들었다가 깨기도 했다. 해수도 괴로운 걸까. 비 때문에? 아니면 아까 그 애들 때문에? 흐릿한 몽상 속에서, 텐트를 흔드는 바람이 유림에게 물었다. 너는 너의 고통을 느낄 수 있니. 텐트 구석에 고인 어둠이 물었다. 너는 해수의 고통을 느낄 수 있니. 후드득 빗소리가 물었다. 너는 이 땅에 버려진 아이들의 고통을 느낄 수 있니. 그 아이들이 떼 지어 물었다. 너는 벙커 속에 있는, 냉장고 속에 있는, 어린 씨앗의 고통을 참말로 느낄 수 있니. 목소리는 점점 커졌고, 참아왔던 것들이, 울음이 아니라 물음으로 한꺼번에 터져 나왔다.

 유림은 물음이 흘러넘치지 않도록 마음을 둑으로 막아 놓았다. 그럴 수 있을 거라고 믿었다. 떠나온 첫날부터 그

둑이 터져 범람할 줄도 모르고. 성난 빗소리에 꿈이 떠내려가고 머릿속 이리저리 물이 흘러넘쳤다. 부러진 마음도 함께 떠내려갔다. 가라앉지 않으려고, 그 물음들에 익사하지 않으려고 유림은 배낭을 꼭 끌어안았다. 그 안에는 해수가 건네준 R이 들어 있었다. 은박지에 싼 계란처럼 동그란 그것. 무엇보다 고요하고 단단한 그것. R은 유림이 의지할 수 있는 유일한 것이었다.

낮에 건넌 것은 눈에 보이는 물이었을 뿐, 보이지 않는 공기처럼 물은 가인의 땅을 가득 메우고 있었다. 물을 건너도 물이었고, 물을 건너지 않아도 물이었다. 둑길을 걸을 때도, 아이들을 만났을 때도, 학교에 들어왔을 때도 유림과 해수는 물속에 있었다. 거친 물보라의 압력 속에서, 눈앞을 가리는 수초들을 헤치고, 망각어들에게 쫓기며, 한 걸음씩 앞으로 나아가고 있다고 믿었는데, 여전히 물 밑바닥을 헤매고 있었다.

이 물을 건너려면 어떻게 해야 할까. 먼저 물에 대한 두려움을 떨쳐야 해. 해수가 말했다. 흐름에 몸을 맡기면 돼. 허우적대는 건 도움이 안 되거든. 발버둥 칠수록 몸은 가라앉아.

비결은 가볍게가 아니라 무겁게. 버티려면 위로 뜨려 하지 말고 밑으로 가라앉아야 한다는 것.

　해수는 유림 앞에서 숨 참는 시늉을 했다. 몇 분만 숨을 참으면 돼. 아예 쉬지 않는 게 좋아. 그 정도는 버틸 수 있어. 유림과 해수는 물속에서 각자 숨을 참았다. 서로 부둥켜안지도, 손을 붙들지도 않았다. 가까이서 숨을 참는 상대를 바라볼 뿐. 그게 함께 버틴다는 의미였다. 해수가 숨을 참지 않는다면 유림도 참을 이유가 없다. 유림이 숨을 참지 않는다면 해수도 참을 이유가 없다. 해수는 진지하면서도 애처로운 눈빛으로 유림을 설득한다. 사실 우리가 선택할 수 있는 건 없거든. 유림에게 보여주려고 해수는 한껏 과장된 동작으로 숨을 깊이 들이마신다. 유림도 해수를 따라 한다. 몸이 가라앉았을 때, 둘은 두 눈을 부릅뜨고 밑바닥에 두 발을 딛고 선다. 바닥에 있어야 가고 싶은 쪽으로 걸을 수 있어. 얼굴을 때리는 물살을, 곧 숨이 다할 거라는 두려움을, 환상 같은 물속 기억을 그들은 똑바로 본다.

　물 밖으로 나온 유림은 물가에 누워 해수에게 물었다. 야구가 끝나고 벽돌집에서 둘이 누웠을 때처럼.

　―주-죽었어?

　―어, 죽었어.

　―아-아냐, 안 죽었어.

―죽었어.

―아-아-안 죽었다니까.

―죽었다고.

―안 죽었어!

―……그래, 안 죽었다.

유림은 눈물이 나올 것만 같았다. 이번엔 해수가 물었다.

―사람이…… 죽지 않는 법 있나?

해수가 또 물었다.

―죽었던 사람이, 다시 살아날 수 있나?

물살에 정신을 잃을 때마다 해수의 목소리가 유림을 깨웠다. 둘의 이야기는 울음과 물음 사이에서, 기억해야 할 것과 잊어야 할 것들 사이에서 헤맸다. 잠의 풀어진 머리칼이 흐르고 흘러서 어둡고 좁은 밤의 수챗구멍 속으로 소용돌이치며 빨려 들어갈 때까지, 둘의 대화는 계속됐다.

*

새벽이 되자 유림과 해수는 텐트 밖으로 빠져나왔다. 밤새 쏟아지던 비는 멈춰 있었다. 텐트를 타고 물을 건너 새로운 땅에 도착한 것처럼, 둘은 젖은 낙엽들로 축축해진 땅에 조심스럽게 발을 내디뎠다.

―야, 이거 완전 굴에서 나온 두더지 두 마린데!

새벽녘 학교는 고요해서 해수의 목소리만 또랑또랑 울렸다. 이 순간, 둘만 거기에 있어서 얼마나 다행인지. 가로등에서 빛살이 쏘아져 나와 학교 건물 벽에 그림자극을 만들었다. 흔들리는 나뭇가지 그림자 아래로, 사람 모양의 두 그림자가 환호하듯 몸을 일으켰다. 해수의 그림자가 움직이면 유림의 그림자가 따라 움직였다. 유림의 그림자가 움직이면 해수의 그림자도 따라 움직였다. 그림자는 둘이자 하나였다. 인간이든 가인이든 그림자는 똑같았다.

해수는 나지막이 노래를 불렀다. 낮에 아이들에게 배운 노래였다.

너희 다 가나
다 같이 가지
어디로 가나
굴댕이 보러 가지
힘들어도 어쩌겠나
눈물 나도 어쩌겠나
애들이 가자는데 어쩌겠나

텐트의 그림자는 봉분처럼 둥글었다. 유림은 꼭 무덤에서 살아 나온 송장 같다고 말하려다가 그만두었다. 그들이 빠져나온 건 무덤이 아니라 벽돌집이었으니까. 죽지 않고 여기에 이렇게 살아 있으니까. 유림은 그림자 속에서 나온 해수의 손을 마주 잡고 약속했다. 진짜로 죽기 전에는 먼저 죽지 않겠다고. 지금 이 순간을 영원히 잊지 않겠다고. 영원히라는 말이 부질없고 소용없는 줄 알면서도, 영원히 그러하기를 유림은 소망했다.

길, 명冥도途

I

유림은 얼음물고기를 본다. 하나인 동시에 둘인 물고기. 꿈이었는지 현실이었는지는 알 수 없다. 하나는 막 얼어붙으려는 물고기, 다른 하나는 얼었다가 녹으려는 물고기다. 하나는 세상의 악몽에서 도망치고, 다른 하나는 맹목적인 믿음에서 깨어나고 있다. 둘 다 얼어붙은 강 위에 떠 있는 듯 보이지만, 실은 언 아가미와 지느러미로 천천히 헤엄치는 중이다. 생명의 힘은 놀랍고 또 놀라워서, 얼었다고 마냥 떠내려가지만은 않으니까.

*

벽돌집은 꽃마차 골목 끝에 있었다. 널빤지를 덧댄 나무 벽. 분홍 시트지를 붙인 유리문. 피카소, 장미, 야화, 스카이, 약속, 태양, 벗, 앵두…… 빛바랜 간판들이 늘어선 골목.

전봇대에 걸린 퇴폐업소 추방 플래카드 아래로 밤마다 손님이 몰려들었다. 밤에는 어른들의 유흥가, 낮에는 아이들의 통학로였다. 해가 뜨면 알록달록 가방을 멘 체육복들이, 검붉은 넥타이를 맨 남색 교복들이 골목을 오갔다. 차가운 살얼음판 위를 맨발로 걷듯이. 부은 얼굴로 입술을 꾹 다물고, 아이들은 땅을 보며 벽돌집으로 향했다.

검붉은 벽돌로 촘촘히 쌓아 올린 1980년대식 건물. 학교라 하기엔 작고 유치원이라 하기엔 컸다. 반쪽짜리 운동장이 있는데 뛰노는 아이들은 없었다. 그곳 아이들은 무성영화 배우들처럼 침묵했고, 때론 과장된 표정과 행동을 보였지만, 그 역시 침묵의 일부였다. 침묵 속에서, 어른 키보다 낮은 철제 펜스 안팎으로 풀과 잡목이 자랐다. 안쪽 풀들이 밖으로 넘어가고 바깥 풀들이 안으로 넘어와 뒤엉키는 경계, 그곳에 벽돌집이 있었다.

―왜 여길 하나원이라 그러는지 알아?

조장 선배가 물었을 때 유림은 말끝을 흐리며 되물었다.

―하-하나의 마-말씀을…… 믿어서요?

땡. 그건 하나의말씀을 믿어서도, 하나님을 믿어서도 아니었다. 정답은 하나회가 만들어서였다. 하나회는 유림이 태어나기 전부터 있던 군인들의 조직이었다. 조장 선배는 그냥 화냥대라고 불렸는데(당황한 유림이 환영대를 잘못 들었을 수도 있다) 그곳이 한 달에 한 번 오는 아버지 선생님의 의전을 수행하는 군대나 다름없기 때문이었다. 아버지 선생님은 헌병대장 출신이었고, 벽돌집 원장은 그 직속 부하였다. **이순신은 장군이 아니야. 백성의 마음을 사면 주군이 되거든. 살아서도 죽어서도 신이 되는 거지.** 원장은 하나원을 관리하는 책임자였다. 그 아래에는 중대장, 소대장 등의 간부들이 있었고, 나이 많은 아이들은 조장으로 불렸다. 조장 열두 명, 소대장 여섯 명, 중대장 세 명, 원장 한 명, 피라미드처럼 위로 올라갈수록 인원은 줄고 명령권은 커지는 구조였다. 그곳은 명령과 복종으로 돌아가는 신의 군대였다. 벽돌집 밖은 전쟁 중이었고, 벽돌집 안은 전시 체제였다. **우리 총을 뺏은 놈들이 누구야? 경쟁 사회에서 칼부림하고, 민주 사회에서 자유를 잃고, 우리는 피 철철 흘리며 여기까지 왔어.** 벽돌집에서 아이들은 웃는 것조차, 우는 것조차, 숨 쉬는 것조차 맘대로 할 수 없었다. 아이들은 눈치가 빨라서 아버지 선생님을 환영하는 박수 부대 역할도, 방송국 촬영에 동원되는 아역 배우 역할도 잘했다. **말씀의 종이 되면 검사, 판사, 의사, 대통령, UN의장 부럽지 않네.** 행사를 마치고 나면 벽돌집 아이들은 희망의 노래를 불렀다.

벽돌집은 실제 크기의 낡은 헬기 모형과 열두 제자상이 공존하는 곳이었다. 하나원이라고 쓰인 무지갯빛 정문을 지나면 등나무 터널이 이어졌다. 길을 따라 오른편에는 게시판이, 왼편에는 열두 제자상이 줄줄이 서 있었다. 첫 번째 게시판에는 통제되지 않은 힘이 재앙을 일으킨다, 라는 말이 쓰여 있었다. 그다음 게시판부터는 광개토대왕에서 이순신 장군, 백범 김구에 이르기까지 호국 영령들의 역사를 인쇄한 종이가 다닥다닥 붙어 있었다. 벽돌집을 드나들 때마다 아이들은 호국 영령과 열두 제자에게 어김없이 고개를 숙였다.

벽돌집은 5층 건물이었다. 1, 2층은 예배당과 식당이었고 3, 4층은 아이들의 숙소였다. 5층은 원장실과 중대장, 소대장의 방이 있어 보통의 보육원과 다를 바 없는 시설이었지만 실제로 그곳을 지배하는 건 하나의말씀이었다. **하나님은 말을 안 해, 말씀만 하시지. 말은 입으로 하지만 말씀은 입으로 하는 게 아니거든. 마음에서 일어나는 걸 판단하지 않고 흘러가게 두는 거야. 말은 판단하는 거니까. 너흰 판단 이전에 말씀을 믿어야 돼.**

하나의말씀이 관리하는 보육원은 전국에 일곱 개나 있었다. 제1가정부터 제7가정까지. 하나원은 제1가정이었다.

아버지 선생님이 하나의말씀을 세울 때 가장 먼저 만든 가정이라 상징적인 의미가 컸다. 규모도 상당해서 아이들이 아흔 명쯤 됐다. 보육원이라 했지만 부모가 있는 아이들이 절반을 넘었다. 아버지 선생님의 명령에 따라 신도들은 자녀를 가정에 맡겼으며, 식당에 놓고 온 우산처럼 잊어버리고 다시 찾으러 오지 않았다. 벽돌집 아이들은 자신을 엄마 아빠가 없는 고아로 여기며 자랐다. 하나의말씀에 따르자면 육신으로 낳은 자식은 가인이었고, 말씀으로 다시 태어나야 아벨이 될 수 있었다. **말씀이 우리를 만들어. 하나님이 인간을 처음 만들었을 때, 그건 그냥 진흙이 아니었어. 영적인 질료였지. 지금 그 질료의 수준이 얼마나 떨어졌는지 알아? 우리는 지금 그 수준을 올려야 돼.** 아이들은 풀뿌리처럼 흩어진 그룹 홈에서 길러지다가 학교에 갈 나이가 되면 벽돌집으로 들어와 열여덟 살이 될 때까지 살았다. 해마다 아이들 머릿수에 따라 나오는 정부 지원금, 그리고 열여덟 이후에 지급되는 자립금이 벽돌집의 주된 수입원이었다.

열여덟이 되기 전에 벽돌집에서 도망치는 아이들도 꽤 됐다. 특히 중학생 무렵이 고비였다. 대호도, 정우와 미란이도, 심지어 맹상마저 그 고비를 넘기지 못했다고들 했다.

유림이 중학교에 들어가던 해에 대호가 사라졌다. 멜빵

청바지와 중절모가 잘 어울리는 아이였는데, 스트리트 댄서가 되겠다고 도망쳤다. 해수는 대호를 가인91호라고 불렀다.

중학교 2학년 때는 정우와 미란이가 사라졌다. 정우는 어른들처럼 걸쭉한 전라도 사투리를 쓰는 아이였고, 미란이는 말수가 적은 아이였다. 둘 다 같은 그룹 홈에서 왔는데, 잠시라도 떨어지면 큰일이라도 날 것처럼 학교도 같이 가고 삼각김밥 하나도 나눠 먹었다. 둘 중 하나가 화장실에 갈 때면 정우는 여자 화장실 밖에서, 미란이는 남자 화장실 밖에서 기다렸다. 도망칠 때도 그 아이들은 함께였다. 해수는 정우와 미란이를 가인92호와 가인93호라고 불렀다.

중학교 3학년 때는 벽돌집에서 가장 순하다던 맹상마저 도망쳤다. 원래 이름은 명상수. 하는 짓이 하도 맹하다 보니 아이들은 맹상수라 불렀고, 선배들은 그냥 맹상이라고만 불렀다. 넙데데한 얼굴과 씨름 장사처럼 큰 덩치에 어울리지 않게 희고 보드라운 피부를 가진 아이였다. 이름도 생김새도 맹하고 물러터져서 자기가 왜 벽돌집에서 사는지도 모르는 줄 알았는데, 성탄절 전날에 1층 현관 유리문을 박살 내고 사라졌다. 해수는 맹상을 가인94호라고 불렀다.

아이들을 왜 그렇게 부르느냐고 유림이 물었을 때 해수

는 답했다. 25단계의 학습을 끝내야 고유의 이름을 갖게 되는데, 그 애들은 결국 이름을 받지 못해서 우리는 그 애들의 진짜 이름을 모른다고. 그래서 해수는 대호, 정우, 미란, 상수에게 일련번호를 붙여서 불렀다. 뒤에 붙은 숫자들이 헷갈려 유림의 머릿속이 뒤죽박죽됐을 때, 해수는 거기에 한마디를 덧붙여 더욱 혼란스럽게 했다.

—근데 가인은 몰래 폐기되면 폐기됐지. 도망치진 않아.

2

유림이 해수를 처음 만난 건 열두 살 때였다. 해마다 봄이 되면 벽돌집에 아이들이 늘어났다. 숨바꼭질을 하다가도, 좁은 운동장에서 공을 차다가도. 처음에는 열 명으로 시작했는데 끝날 때는 열한 명이었다. 넌 누구니? 눈을 감았다 뜰 때마다, 벽을 보고 숫자를 셀 때마다, 하나 둘 셋 넷…… 모르는 아이들이 불쑥 튀어나왔다. 그런데도 유림의 기억 속에는 빈 풍경뿐이었다. 대체 이 아이들은 어디서 왔다가 어디로 사라지는 걸까. 아이들이 늘어나도 유림은 계속 술래였다. 아이들을 잡으려고 운동장을, 벽돌집 구석구석을 뛰어다녔지만 도통 잡을 수가 없었다. 아이들은 작고 빨랐으며, 본능적으로 숨을 곳을 찾을 줄 알았다. 나무 뒤에, 쓰레기장 구석에, 버려진 가구 안에, 뒤뜰 풀숲에 죽은 듯 기척을 감췄다. 눈을 뜨면 처음 보이는 애를 붙잡고 절대 놓지 않을 거야. 유림은 아홉까지만 세고 눈을 떠 가장 먼저 보이는 아이를 잡았다. 그 아이가 해수였다.

처음 만났을 때 해수는 눈을 동그랗게 뜨고 유림을 바라보았고, 유림도 눈을 동그랗게 뜨고 해수를 바라보았다. 그렇게 서로 바라보던 장면은 둘의 관계를 상징적으로 보여 준다. 둘은 서로 의지하고, 어떤 때는 세상에 오직 둘뿐이었지만, 종종 눈을 동그랗게 뜨고 상대를 보아야 했다. 해수가 가인과 연구소를 운운할 때는 특히.

―근데 너 벽돌집이 프로젝트 연구소라는 건 알아?

해수가 또 무슨 말을 하려는 걸까.

―5층 중앙연구실로 가는 비밀 문이 있는 건?

해수는 상상력이 풍부하고 SF 소설을 좋아했다. 가만히 앉아서 책 읽을 성격은 아니었기에 소설에 빠진 것이 의외긴 했지만, 이해 못 할 일은 아니었다. 성경 말고는 다른 책을 읽지 못하게 하는 벽돌집에서 독서는 일종의 일탈이기도 했으니까. 간부들과 조장 선배들의 감시를 피해 해수는 소설책을 구해다 읽었고(몰래 먹어치웠다는 말이 더 맞겠다) 매일 밤 유림에게 우주와 미래 이야기를 들려주었다(먹은 걸 토해내는 거라고 유림은 생각했다). 다른 우주에 사는 미지의 생명체들, 반물질로 행성 간 운행을 하는 우주선, 지구에서 달까지 뻗은 엘리베이터, 환경 파괴로 인간들이 살 수 없게 된 지구, 사이버펑크 도시를 가득 메운 휴머노이드와 복제인간 같은 것들. 들뜬 목소리로 쉬지 않고 이야기하는 해수를 마주할 때면, 유림은 그것이 소설 속 이야기가 아니라 실제 현실이라고 믿는 듯한 그의 눈빛에 두 눈을 동그랗게 뜨곤 했다.

유림은 여덟 살에 벽돌집으로 들어와 아버지 선생님의 말씀만 믿으며 살아왔다. **우주의 핵이 빵 터지면 뭐가 나와? 빛이 나오고 에너지가 나와. 파동이 생기고, 울림이 생겨. 그리고 하나의 말씀이 딱 나와. 이게 다 물리학이야. 예수와 아인슈타인이 여기 다 있어. 너희 물리학 공부 해, 안 해?** 말씀만이 현실이고, 진리이자 과학인 유림에게 해수의 이야기는 낯설고도 불경하게 들렸다.

─아-아버지 선생님은 하-하-하나님이 빛의 속도로 움직인다고, 응, 움직인다고 하셨어. 그래서 우리가 하-하-하나님이 스-슬로모션으로 보이길 기도하는 거래.

―그 사람은 프로젝트 총책임자일 뿐인데?

마치 서로 다른 현실을 사는 것처럼 둘의 대화는 엇나가기 일쑤였다. 대화하면 할수록 유림은 유림대로, 해수는 해수대로 현실의 경계가 점점 모호해졌다. 유림은 하나의말씀을 따라 내면의 공간으로 들어가야 한다고 믿었고, 해수는 이곳의 한계를 벗어나 저 너머의 세상으로 가야 한다고 믿었다. 유림은 해수가 저 세계로 훌쩍 떠나버릴까 걱정했다면 해수는 유림이 현실에 눈이 가려질까 걱정이었다.

―잘 들어. 원장실에 중앙연구실로 들어가는 비밀 통로가 있어. 지문 인식, 보안 카드, 비밀번호. 이 세 가지를 동시에 조합해야 열리는 문이야. 근데 간부들이 얼마나 멍청한지 셋 중 하나는 꼭 까먹는대. 그래서 두 가지 조건만 충족하면 열리도록 바뀐 거야.

해수는 유림에게 벽돌집이 최첨단 시스템을 갖춘 연구소라는 사실을 끊임없이 상기시켰다. 해수의 말에 따르면, 천장에 달린 작은 비행접시 모양의 화재경보기는 감시 카메라였고, 복도에 설치된 철문은 방폭 문이었다. 원장실과 간부들의 방이 있는 5층은 철근 콘크리트와 2중 내화벽돌로 만든 BSL(Biosafety Level) 3 시설이었다. 무균 소독실, 흰색 위생복, 에어샤워, 생물재해 딱지가 붙은 실험용 냉장고, 배양기와 발효기, 고압 멸균기, 안전 캐비닛, 샘플이 담긴 배양접시 등등. 해수는 공기 재순환 시스템도 있다고 했다.

─여기 창문이 왜 작은지 알아? 숫자도 적은데? 공기 재순환 시스템 때문에 그래. 비행기의 환기 장치처럼 뭐랄까, 거대한 허파 같은 건데 오래된 공기를 내보내고 신선한 걸 받아들이는 거지. 공기 순환, 온도 조절, 화재 방지 시스템까지 완벽하니까 창문이 따로 필요 없는 거야. 그럼, 여기서 문제! 비상시에는 어떻게 탈출하게?

유림이 답이 없자 해수는 스스로 답했다.

─비행기 안에서 폭발이 일어나면 어떻게 해? 창문으로 뛰어내리는 게 낫겠니, 산소호흡기 쓰고 엎드리는 게 낫겠니? 둘 다 소용없어. 어차피 죽는 건 마찬가지니까. 애초에 폭발을 막는 게 더 중요하지.

그런 이야기를 들을 때까지만 해도 유림은 흔들리지 않았다. 해수가 자신이 무슨 말을 하는 줄도 모르고, 어디서 주워들은 말들로 지어내는 이야기라고 여기면 되니까. 목소리에 너에게 꼭 알려주고 싶다는 사명감 같은 것이 담겨 있다고 해도 믿을 건 못 됐다. 그런데 그게 단순한 망상이 아니라 아버지 선생님의 존재를 의심하고, 나아가 모독까지 하는 이야기라면? 그럴 때는 그냥 흘려듣기보다는 현실을 일깨워주어야 한다고 유림은 배웠다. 회개하도록 바른길로 이끌어주어야 한다고, 적어도 다른 소대장들에게 귀띔이라도 해주어야 한다고. 그러나 유림에게는 그럴 생각이 없었다. 비록 지금 해수의 생각이 옳지 않다고 할지라도 그것을 콕 집어 상처를 주느니, 그래서 둘의 사이가 멀어져 밤마다 들뜬 해수의 목소리를 들을 수 없게 되느니, 차라리 입 다물고 있는 편이 낫다고 생각했으니까. 그래, 그렇구나. 그 말이 생각보다 어렵지 않다는 걸 유림은 해수 덕분에 알게 됐다.

─5층 원장실에 비밀 통로가 있어. 중앙연구실로 가는 통로. 거기가 가인을 만드는 곳인데, 난 아직도 기억이 난다니까. 끝없이, 우주처럼 펼쳐진 공간이었거든? 어둠 속에서 계단을 내려오는 것처럼, 천천히 하나씩 내려와서 여기에 도착했지.

그리고 마침내 해수의 이 말이 유림의 잠들어 있던 상상력을 깨웠다.

─내 말을 못 믿겠다면 이것만 기억해. 우리는 가인이지만, 똑같은 생명이야. 너와 나는 똑같아. 너는 나고, 나는 너야.

그 말은 유림에게 하늘에서 내려오는 소리처럼 들렸다. 우리가 인간이든 가인이든, 또 나는 나고 너는 너겠지만, 저 하늘에서 하나님이 내려다보기엔 안 그럴 거라고. 똑같이 하나의 생명으로 사랑하실 거라고. 하나님이 수줍어서 바다를 통해 그 말을 속삭이는 거라고. 그 말을 듣던 순간, 벽돌집 창문 틈으로 햇살이 비쳐들어 어두운 방 안이 환해졌다. 그 빛은 검은 벽돌들의 이음매로 스며들어 단단한 접착을 녹였고, 벽돌은 하나하나 해체되어 마침내 공중으로 떠올랐다. 다른 아이들이 잠들어 있을 때도 유림은 깨어 있었고 해수가 말하는 가인을, 태어나기 전의 해수를 상상할 수 있었다. 온전한 생명체의 모습을 띠고 있지 않을 무렵 전기 신호로, 작은 알로, 아직 분화되지 않은 세포로 존재했을 때를. 따뜻한 엄마의 품속이 아니라 유기체로 가득한 특수 유리관 속에 있는 해수를. 주홍색 유리관을 둘러싸고 도깨비들처럼 쭉 찢어진 눈으로 바라보던 그들의 정체가 하나님인지 연구원인지 유림은 말할 수 없었다.

3

이튿날 유림과 해수는 학교를 나와 남쪽으로 걸어갔다. 길목마다 무덤이 자리하고 있었고, 무덤과 길 사이로 매서운 바람이 불어왔다. 샛길이 나오면 둘은 숲으로 들어갔다.

검불을 헤치고 도랑을 넘다 보면 숲길은 큰길로, 큰길은 다시 숲길로 이어졌다. 얼굴은 햇볕에 그을렸고 몸에서 비릿한 흙내가 풍겼다. 발이 부어오르고 통증에 위축되어 발밑이 신경 쓰일 때마다 해수는 얼굴을 찌푸리며 낄낄댔다.

—정신은 놔두고 몸을 좀 괴롭히는 거지!

유림은 해수의 그 말이 아버지 선생님의 말씀과 닮았다고 생각했다. 둘 사이에 다른 점이 있다면 해수는 질문을 한다는 거였다. 아버지 선생님이 하는 말은 질문처럼 들렸지만 진짜 질문은 아니었다. **공부 안 하면 뺨 때려서 시켜야 돼, 말아야 돼. (시켜야 됩니다) 쌀밥 몇 끼 더 먹었다고 잘난 척해야 돼, 말아야 돼. (말아야 됩니다) 매일 같이 말씀의 밥을 먹고 살아야 돼, 말아야 돼. (먹고 살아야 됩니다)** 벽돌집에서는 아버지 선생님의 말씀을 따르는 게 곧 답이었으므로, 아이들에게 질문은 무의미했다.

그러나 벽돌집에서 해수는 유독 잘 묻는 아이였다. 학교를 오갈 때도, 식당에서 밥 먹을 때도, 잠자기 전에도, 심지어 유림이 화장실에 있을 때도 해수는 기어코 찾아내서 묻곤 했다.

꽃마차 골목을 지날 때 해수는 물었다. 사람들은 왜 술을 마실까? 정우와 미란이 함께 도망쳤을 때도 물었다. 사랑이 뭘까? 맹상이 사라진 다음 날 성탄절 특식을 먹으면서도 물었다. 우린 어디서 온 걸까? 아버지 선생님 앞에서 찬송을 부르면서도 물었다. 우린 어디로 가는 걸까? 심지어 세상에서 제일가는 물음이 뭘까 하고 묻더니 곧바로 다시 물었다. 그 다음가는 물음은 뭘까?

—이-이따가 하면 안 돼? 지금은 마-말씀하고 계시잖아.

유림이 말려도 해수의 질문은 멈추지 않았다.

—왜 우리는 물으면 안 될까?

묻는 것은 가인의 자연스러운 학습 과정이고, 3차 구간에서는 특히 그렇다며 해수는 늘 하던 말을 되풀이했다.

—가인은 허락받아야 하는 존재야. 여기서 허락이란 학습 종료고, 그걸 끝내기 전까지는 인간이 아니란 거야.

해수가 말하는 가인은 벽돌집에서 배우는 가인과는 전혀 달랐다. 벽돌집의 가인이 말씀과 분리되어 에고에 갇힌 인간이었다면, 해수의 가인은 프로젝트 매뉴얼에 따라 만들어진 복제 인간이었다. 벽돌집에서는 그곳을 도망친 아이들을 가인이라고 불렀다. 자기 안의 아벨을 죽이고 피 묻은 땅으로 도망친 가인. 그러면서 절대 가인의 죄를 저질러서는 안 된다고 가르쳤다. 벽돌집에서는 가인이 자신의 것을 다 내놓아야 구원받을 수 있다고 했지만, 해수는 매뉴얼에 따른 학습 과정을 마쳐야만 인간임을 허락받을 수 있다고 했다.

―가인은 그 자체로 매뉴얼이야. 철저하게 매뉴얼에 따라 만들어지고 학습되는 거지.

해수가 말하는 매뉴얼의 내용은 다음과 같았다. 가인은 인간과 같은 학습 능력이 있어서 크게는 3차, 작게는 25단계의 학습을 거쳐 자아가 완성된다. 부모가 제공한 자료와 인터뷰를 토대로 개별 학습이 디자인되는데, 1차는 질문과 답을 모두 주면서 초기 자아를 만드는 구간이고, 2차는 질문만 주면서 스스로 답을 찾게 하는 구간, 3차는 질문도 답도 주지 않으면서 스스로 묻고 답하게 하는 구간이다. 그 학습 과정을 모두 마쳐야, 그러니까 3차 구간까지 모두 마쳐야 일련번호를 대체하는 이름을 받을 수 있다고 했다.

―맨 마지막에 이름을 주는 건, 도중에 학습이 실패할 수 있기 때문이야. 그러면 바로 폐기되거든. 아니면 다른 자아가 만들어져서 도망치거나. 이전 가인들이 폐기된 것도 14단계가 끝난 뒤였어. 질문만 주어지는 2차 구간에서 말이야.

해수의 말에 따르면, 유림과 해수가 벽돌집에서 도망친 건 3차 구간이었다. 그래서 걸으면서도 질문과 답이 계속됐다. 기차역 앞에서, 들길에서, 둑 위에서, 학교에서. 해수는 노래를 부르다가 물었고, 묻다가 노래를 불렀다. 해수는 물음과 하나였다. 걸음이 곧 물음이라 질문과 대답이 밀물과 썰물처럼, 왼발과 오른발처럼 오고 갔다.

─넌 인간들이 왜 술을 마시는지 알아?

해수는 묻고

─나를 봐주세요, 나를 사랑해주세요, 투정 부리고 싶어서 그러는 거야.

스스로 답했다.

─넌 사랑이 뭔지 알아?

해수는 묻고

─한 사람이 다른 한 사람에게 복종하고 희생해야 사랑이야. 두 사람이 평등하게 주고받고 이끌면서 성장한다? 그런 건 아무래도 믿을 수가 없다니까.

스스로 답했다.

─시란 뭘까?

해수는 묻고

─일단 묻는 거야.

스스로 답했다.

─그럼, 세상에서 제일가는 물음이 뭐야?

해수는 묻고

―이건 뭐지?

스스로 답했다.

―그럼, 그 다음가는 질문은?

해수는 묻고

―저건 또 뭐지?

스스로 답했다.

하도 묻다 보니 물음이 답이 되고, 답이 물음이 되었는데, 나중에는 뭐가 물음이고 뭐가 답인지 분간하기 어려울 지경이었다.

한 가지 이상한 점은 매뉴얼에 따라 묻고 답할수록 눈앞에 펼쳐진 길이 변한다는 것이었다. 유림과 해수가 내딛는 걸음보다 한 박자 빠르게 길이 바뀌었다. 마치 살아 움직이기라도 하는 것처럼 해수가 묻고 답할 때마다 길이 갈라졌다가 합쳐졌다. 질문하면 갈라지고 답하면 합쳐질 거라 기대했지만, 실제로는 그 반대였다. 질문할수록 길이 여덟 갈래에서 네 갈래로, 네 갈래에서 두 갈래로 합쳐졌고 답할수록 두 갈래, 네 갈래, 여덟 갈래로 갈라졌다.

해수의 질문과 답은 단순 명료해서 유림의 귀를 끌어당겼다. 벽돌집에 있었다면 그렇구나, 하고 받아들였을 텐데 질문하고 답할 때마다 길이 꿈틀거리며 변하는 바람에 유림은 겁이 났다. 두려운 마음에 뱉을 수 있는 말은 단 하나뿐이었다.

―사-사-사-사기꾼!

그러면 해수는 유림의 마음을 알아챈 듯 비죽 웃었다.

―네가 나처럼 소박한 사기꾼을 어디 가서 만나지?

그러고는 또 물었다.

―네가 왜 질문을 못 하는지 알아?

여덟 갈래로 갈라진 길이 네 갈래로 합쳐졌다.

―모-몰라.

―모르면 반은 아는 거네.

길이 흔들리고, 해수의 답이 이어졌다.

―그건 네 안에 답이 있다고 생각해서야. 답 속에 갇혀서 질문할 필요가 없다고 생각하는 거지. 질문만 제대로 하면 답이야 뭐든 상관없지.

길이 다시 여덟 갈래로 갈라지고 유림은 어지러웠다. 길이 갈라지든 말든 아랑곳없이 해수는 또 물었다.

―길거리 개들 중에 예쁜 놈보다 눈 찌그러진 놈이 마음에 남는 이유를, 넌 알아?

4

아담이 아내 하와와 동침하매 하와가 임신하여 가인을 낳고 이르되, 내가 여호와로 말미암아 득남하였다 하니라. 그가 또 가인의 아우 아벨을 낳았는데…… 그-그-그리고 뭐였더라.

벽돌집 5층 복도에는 고요한 소란이 감돌았다. 한 달에 한 번, 첫째 주 토요일마다 아이들은 원장실 앞에 줄을 섰다. 회개 시간에 소란을 피운 뒤로 해수는 예배에 참여하지 못했고, 아이들은 예행연습을 했다. 아버지 선생님 앞에 서기 전에 원장에게 각자 지은 죄와 회개할 내용을 먼저 검사받았다.

―어린 가인아, 너는 무슨 죄를 지었느냐?

원장은 아버지 선생님의 말투를 흉내 내며 물었다. 마치 할당된 스크립트를 읊는 전화 상담원처럼, 맡은 일을 해치운다는 듯이. 원장의 무덤덤한 눈빛에 아이들의 몸이 움찔했다.

원장은 타고난 사냥꾼이었다. 군인이었을 때부터 아버지 선생님을 모시고 전국의 유명한 사냥터란 사냥터는 다

돌아다녔다. 자리 뒤편에는 갈색 개머리판이 달린 수렵용 공기총이, 그 옆에는 포획한 동물들의 박제가 전시되어 있었다. 토끼와 족제비, 담비와 멧돼지, 눈에 가장 띄는 건 가지뿔 달린 사슴이었다. 몸은 벽 건너편에 두고, 이쪽 방에서 무슨 얘길 하나 보려는 듯, 벽을 뚫고 얼굴만 들이민 것 같았다. 죽은 사슴의 구슬처럼 반들반들한 눈동자에 아이들의 겁먹은 얼굴이 비쳤다. 우물쭈물 말하다가 말문이 막혀서 울음을 터뜨리는 아이도 있었고, 말을 끝내지 않았는데도 억지웃음을 지으며 다음 차례 아이의 얼굴을 빤히 보는 아이도 있었다. 만족할 만한 답을 들을 때까지 원장은 박제된 사슴 머리처럼 말없이 아이들을 노려보았다.

원장과 아이들이 하는 건 회개 시간에 들어가기 전에 에고의 압력을 낮추는 연습이었다. 거기서 아이들이 고하는 죄의 내용보다는 그 죄를 고하는 태도가 중요했다. 말씀에 나온 교리에 따르자면 이랬다. 에고가 부풀어 올라 자기 생각에만 빠지면 그 오만함이 밖으로 튀어나온다. 아이들은 마구 뻗쳐대는 에너지를 잘 다루지 못하는 존재들이므로 말씀 앞에서 겸손해지려면, 그러니까 하나의 개인이 아니라 저 우주의 일부로서 온전히 살아가려면 끊임없는 연습이 필요하다. 태곳적 우주에는 하나의말씀이 있었고, 옛사람들은 거기에 연결돼 있었다. 그런데 에너지를 에고에 투사하면서 말씀과 분리되었고, 결국 자신을 고립시켜 외로워지고 고통을 받는다. 다시 연결하여 완전한 상태로 돌아가려면 에고에 가득한 압력부터 덜어내야 하는데, 어른이 되면 늦으니 어릴 때 바로잡는 것이 효과적이다. 그래서 원장은 아이들에게 공개적으로 면박과 창피를 주었고, 그러면 아이들은 자신을 의심하고 비난하며 스스로 잘못된 존재라고 여겼다. 뭔가를 바랄 수도 없고 혹시 바라는 걸 갖게 된다 해도 자기 것이 아니라고 생각했다. 구석에 처박혀 누군가 나타나기를 오래 기다려온 사람만이 가질 수 있는 그런 눈으로. 원하는 바를 입 밖에 낸 적도, 감히 그것을 갖겠다고 생각해본 적도 없는 얼굴을 하고서.

―판단 이전에 말씀이 있었어. 지금 뭐가 잘못됐다는 판단을 버려야 돼. 그래야 말씀을 복원하고 분리된 세상과 다시 연결할 수 있는 거야.

원장은 아버지 선생님의 말씀을 흉내 내서 말했다.

아이들이 선뜻 죄를 고백하지 못하고 우물쭈물할 때, 원장은 예상치 못한 방법으로 아이들을 위협했다. 처음에는 어깨를 툭툭 치듯 그러면 안 돼, 그러면 안 되지, 라는 말을 반복하다가 책상 위로 금빛 손톱깎이를 꺼냈다. 아니, 그건 발톱깎이라고 불러도 좋을 만큼 컸다. 원장은 이리 와봐, 하며 아이들의 코 옆에 난 딱지나 턱 밑의 여드름을 손톱깎이로 뜯어주었다. 금빛 손톱깎이를 얼굴에 들이밀 때면 아이들은 잘못을 하지 않았는데도 잘못이 있는 것처럼 느꼈다.

―잘못을 바로잡을 기회를 주는 거야.

원장의 목소리에는 높낮이가 없었다. 아이들은 자신이 그런 짓을 당할 만큼 잘못을 저지르지 않았다는 걸 알지 못했다. 그러니 잘못을 바로잡을 필요도, 그럴 기회를 줄 이유도 없다는 것을 몰랐다. 아이들이 겁이 나서 몸을 움찔하며 뒤로 빼면 원장은 어디 할 테면 해보라는 표정으로 손톱깎이를 더 바싹 얼굴로 들이밀었다.

아벨은 양 치는 자였고 가인은 농사하는 자였더라. 세월이 지난 후에 가인은 땅의 소산으로 제물을 삼아 여호와께 드렸고, 아벨은 자기도 양의 첫 새끼와 그 기름을 드렸더니…….

유림은 마지막 차례였다. 노크를 하니 안쪽에서 어렴풋한 대답이 들려왔다. 유림은 문을 열고 들어가면서 조심스레 원장실 안을 살폈다. 원장실에 비밀 통로가 있다는 얘기를 들은 뒤로 주의 깊게 곳곳을 살펴보는 습관이 생겼다. 길쭉한 원장실은 바닥재가 군데군데 벗겨져 콘크리트 포장이 드러나 있었는데, 사면의 밝기가 조금씩 달라 공간이 조금 비뚤게 보일 뿐 딱히 눈에 걸리는 건 없었다.

—들어와 앉아.

원장은 구석에 비스듬히 놓인 책상에 앉아 있었다. 문 앞에 엉거주춤하게 선 유림에게 한마디 하고는 다시 고개를 숙이고 하던 일을 마저 했다. 유림이 책상 앞에 놓인 의자에 앉을 때까지 말은 걸지 않았고 또깍, 하는 소리만 들려왔다. 원장은 손톱을 깎는 중이었다. 다시 또깍. 유림은 심호흡하며 백과사전 크기만 한 창문 쪽을 쳐다보았다. 밤처럼 어두운 낮. 이윽고 원장은 막 손톱을 깎은 검지로 유림을 가리키며 나긋한 목소리로 물었다.

—넌 꿈이 뭐니?

유림은 당황했다. 죄가 무어냐고 묻지 않고 꿈이 뭐냐고 물어서.

—제-제-제 꿈은…… 하-하나님의 자식이 되는 거예요.

—내 꿈도 그래. 너희가 하나의말씀 품 안에서 평안하게 사는 거.

다시 또깍.

―네가 올해 몇 살이지?

―여-열일곱이요.

―이제 얼마 안 남았구나. 1년 뒤에는 네가 여기 있고 싶어도 못 있어. 보호 종료가 되어서 나가야 한단 말이다. 밖에서도 환영받는 인간이 되려면 어떻게 해야 되지?

다시 또깍.

―여기 있을 때부터 환영받는 인간이 돼야겠지? 말씀의 신실한 자식이 되는 거야. 양을 길러 하나님께 바친 아벨처럼.

―아-아벨처럼요?

―아벨이 뭘 했는지는 알지?

―야-양을 길러서 하-하나님께 바쳤어요.

―그럼 가인은?

―따-땅에 농사를 지어서…… 바쳤어요.

―근데 왜 하나님은 아벨의 제물만 받고 가인의 제물은 받지 않았을까?

다시 또깍. 유림이 대답하지 않자 원장이 말을 이어갔다.

―아벨은 하나님을 위해 양을 길렀고, 가인은 자신을 위해 농사를 지었기 때문이지. 아벨은 자기가 양을 잡아먹지 않고 모두 하나님께 갖다 바쳤지만, 가인은 곡물을 남겨서 자기도 먹고 살려고 한 거야. 그게 바로 에고란 거다. 아

벨은 온전히 자신을 희생했지만, 가인은 희생하는 척만 했다는 거지. 그래서 아벨은 죽었지만 영원히 살 수 있었어. 내 말이 무슨 말인지 알겠니?

—……네.

—그럼 넌 아벨이 될래? 아니면 가인이 될래?

유림은 말이 없었다. 원장은 열 손가락을 쫙 펴서 창문에 비춰보다가 손가락들을 오므리고 입으로 후후 불었다.

—너는 하나님을 위해서 뭘 희생할 수 있지? 응?

그때까지 유림은 원장이 무슨 대답을 원하는지 알 수 없었다. 원장은 금빛 손톱깎이를 까딱거리며 유림에게 가까이 오라고 했다. 그리고 아이들을 위협하던 그 말을 되풀이했다.

—너에게 바로잡을 기회를 주는 거야.

유림은 고개를 끄덕였다. 아니, 고개가 저절로 끄덕여졌다. 원장이 손톱깎이를 유림의 오른쪽 콧볼 옆에 바짝 가져다 대고 여드름을 짜내려고 했으니까. **하나의말씀은 날 통해 나와. 너희가 내 말씀을 듣고도 변화가 없다, 반응을 안 한다, 그럼 누가 잘못된 거다? 너희가 나쁜 거야. 여기가 천국이 아니라 지옥이 되는 거야.** 고개를 젓거나 무엇이냐고, 왜냐고 질문하는 건 벽돌집에서는 믿음이 아니었다.

가인이 몹시 분하여 안색이 변하니, 여호와께서 가인에게 이르시되 네가 분하여 함은 어찌 됨이며 안색이 변함은 어찌 됨이냐. 네가 선을 행하면 어찌 낯을…… 아-아무것…….

유림은 성경 말씀을 외우다가 아무것이라고만 말하고 입을 다문다. 고개만 끄덕이다 보니 아무것이나 하겠다는 말이었는지, 아니면 아무것도 하지 않겠다는 말이었는지 모를 지경이 됐다. 아무것이라는 말은 정말 아무것이나 될 수 있는 말 같았는데……. 유림은 원장이 말하는 가인도, 해수가 말하는 가인도 믿을 수가 없었다. 말씀의 가인을 믿지 않는다면 구원받지 못할 거야. 해수의 가인을 믿지 않는다면 해수와 함께 있지 못하겠지. 유림의 마음이 흔들리려던 그 순간, 멀리서 해수의 목소리가 들려왔다.
―아무것? 아무것! 세상에 그런 말이 어딨어! 이건 뭐지? 넌 왜 그렇게 묻질 않아?
해수가 다시 말을 걸어올 때까지, 유림은 질문도 대답도 없이 그저 흔들리고만 있었다.

5

―혹시 여길 죄다 걸으려는 건 아니지?

그건 유림이 걸으면서 가장 자주 들은 말이었다. 유림이 먼저 풀숲에 주저앉았을 때도 해수는 그 말을 했다.

―그거 강박이거든요. 걷다가 힘들면 쉬고, 쉬다가 또 걸으면 되는데, 왜 혼자 그러는 거야.

발이 성하지는 않았지만, 꼭 그 때문에 주저앉은 건 아니었다. 유림은 마음속으로 남은 거리를 셈하며 걷고 있었다. 두 시간쯤 걸어서 멀리 표지판이 나타났을 때, 그 숫자가 1이나 4로 보였고, 1킬로미터가 남아 있다면 마저 걸어가고, 4킬로미터가 남아 있다면 쉬어 가야겠다고 생각했다. 그러나 실제 눈에 들어온 숫자는 6이었다. 쉬지 않고 걸어왔는데 오히려 거리가 늘어나 있었다.

―허-허무해.

유림이 말하자

―아니야. 이럴 땐 황당하다고 해야 맞는 거야.

해수가 유림의 말을 고쳐주었다.

허무가 아니라 황당. 유림은 그 말이 맞을지도 모른다고 생각했다. 길은 합쳐지거나 갈라지기만 하지 않았다. 늘어나다가 줄어들기까지 했다. 그러니까 합쳐지는 동시에 늘어나고, 갈라지는 동시에 줄어들었다. 유림이 하루에 걸어가야 할 거리를 정해놓고, 그만큼을 채우기 위해 조바심을 내면 거리는 더욱 늘어났다. 열심히 걸었는데 다시 제자리로 돌아온 기분, 이걸 허무가 아니라 황당이라고 한다면, 그래서 길을 선택하는 것도, 거리를 셈하는 것도 의미가 없고 길을 잘못 들어선 건 아닌지 불안하기만 하다면, 이제 어떻게 해야 할까.

─안 되겠다. 걷는 방식을 바꾸자.

해수가 말했다.

─어-어떻게?

─뒤로 돌아서 걷는 거지.

─그-그런다고 뭐-뭐 달라져?

─해보면 알겠지.

해수는 풀숲에서 일어나 거꾸로 걸었다. 유림도 따라서 거꾸로 걸었다. 발끝부터 땅에 닿아 뒤꿈치로 무게가 옮겨지니 발가락의 통증이 덜했다. 게다가 가야 할 길이 아니라 지나온 길이 눈앞에 펼쳐져서 조급함도 누그러졌다.

─처음 와봤잖아. 길을 안 잃으면, 그게 더 이상한 거야.

해수의 말에 유림은 고개를 끄덕였다.

유림과 해수는 다리를 건너고 산길로 들어가 골짝을 넘었다. 길이 합쳐졌다가 갈라지고 멀어졌다가 가까워졌지만, 둘은 걷다가 지치면 쉬었고, 쉬다가 지겨우면 다시 걸었다. 방향을 잃지 않으려면, 제 안에서 바깥으로 고개를 돌려 태양과 철길을 번갈아 보며 걷는 수밖에 없었다.

*

날이 밝고 일찍 길을 나선 그날 아침, 희부연 안개 속에 슬레이트 지붕이 섬처럼 떠 있었고, 앞길은 보이지 않았다. 산허리는 안개에 가려져 거대한 바윗덩어리가 하늘에 둥둥 떠 있는 듯했다. 안개 속을 걸어가다가 해수가 불쑥 말했다.

―그거 알아? 여기 근처에 호수가 있대.

―호-호수?

유림은 고개를 갸웃했다.

―거기 붉은 바위가 있는데, 그게 멋지대. 나도 들은 얘기라서 잘 몰라.

―너-넌 호수가 보고 싶어?

―넌 어떤데?

―네-네가 보고 싶다면 나-나도 보고 싶지.

함께 걷는 내내 해수는 목적지가 없다고, 꼭 가야 할 곳이란 없다고 말해왔는데, 그래서 불쑥 꺼낸 호수 이야기에 유림은 조금 당황스러웠다. 해수의 생각이 바뀐 걸까. 아무렴, 목적지가 생기자 유림은 온몸에 알 수 없는 힘이 솟는 듯해 발걸음이 가벼워졌다. 한참 걷다가 돌아보니 해수는 멀리 뒤처져서 따라왔다. 유림은 배낭을 내려놓고 해수를 기다렸다. 해수의 일그러진 얼굴이 점점 가까워졌다.

—호-혼자서, 신나서, 미안.

—넌 발이 괜찮나 보다?

—굳은, 굳은살이 그…… 제대로 생겼나 봐. 토-토-통증이 많이 없어졌어.

—내 발은 왜 이래? 굳은살도 안 생겨. 걷는 자세가 나빠서 그런가. 이젠 관절까지 아픈 것 같아.

—조-좀 천천히 걸을…… 까?

—아냐. 너 먼저 걸어가. 다음 이정표에서 만나지, 뭐.

다시 걷기 시작하자 둘 사이는 점점 더 벌어졌다. 뒤따라오는 해수의 모습이 작고 흐물거리는 그림자처럼 보였다.

곧 삼거리가 나타났고, 다시 또 길이 두 갈래로 갈라졌다. 혹시라도 해수와 길이 엇갈릴까 봐 유림은 그 자리에 멈춰 섰다. 그때 흰 개 한 마리가 툭 튀어나왔다. 새끼를 뺐는지 배를 축 늘어뜨린 어미 개였는데, 겁을 잔뜩 먹고 유림을 향해 짖어댔다. 삼거리를 지나갈 때까지 그 자리에서 짖을 태세였다. 어서 가라, 혼자 가라, 멀리 가라. 개 짖는 소리가 유림에겐 그렇게 들렸다. 유림은 귀를 막고 삼거리를 지나쳤다.

가파른 고개가 시작되었고, 고갯마루에서 터널이 나타났다. 그 앞에서 유림은 또다시 망설였다. 이제 뒤를 돌아보아도 해수는 보이지 않았다. 둘 사이가 얼마나 벌어져 있는지 짐작할 수 없었다. 다음 이정표는 언제 나오려나. 거기서 또 한 번 기다릴 수도 있었지만 유림은 터널로 걸어 들어갔다. 이번에도 혼자서.

터널 안은 습하고 어두웠다. 차가 지나갈 때마다 굉음이 덮쳐왔고 먼지가 일었다. 어깨에 둘러멘 배낭이 더 무겁게 느껴졌다. 어느새 유림은 발을 질질 끌며 걷고 있었는데, 자갈 밟는 소리가 터널 천장을 따라 자락자락 울렸다. 길을 나설 때만 해도 불쑥 솟았던 힘이 거짓말처럼 사라진 뒤였다. 뒤편에서 차들의 헤드라이트 불빛이 자꾸만 뒤통수를 잡아당기는데도 유림은 뒤돌아보지 않았다. 돌아보면 혼자라는 두려움에 잡아먹힐 것만 같았다. 언제까지 해수와 함께 있을 수 있을까. 저 밖 어둠 속에서 들려오는지, 제 안에서 들려오는지 알 수 없는 그 말이 귓가에서 점점 커져왔다. 어둠을 건너려면 부지런히 앞으로 가야 해. 유림은 마음을 다잡으며 터널 끝까지 걸어갔다. 터널을 거의 다 지났을 즈음 슬쩍 뒤돌아보니, 해수는 보이지 않고 지나온 입구에 손톱만 한 햇볕만 밝게 내리쬐고 있었다.

6

아이들은 보급받은 추리닝을 입고, 식당 앞에 줄을 서서 차례로 식판을 받아 든다. 숟가락포크를 들고 식당 안으로 들어가 밥과 국과 세 가지 반찬을 퍼 담고는 정해진 자리에 앉는다. 기다란 철제 식탁과 그 위를 덮은 분홍색 플라스틱 매트에 식판을 놓고, 매트에 묻은 얼룩을 바라보며 식판 속 밥을 떠서 입에 넣고, 반찬을 먹고, 국을 떠먹는 동작을 되풀이한다. 와글대는 소리도 없이, 이어지는 말도 없이, 철커덕철커덕 밥을 먹는다. 말소리도 목구멍으로 씹어 넘긴다.

해수가 식판을 들고 와서 유림의 건너편에 앉았다.

―그 웃음의 의미가 뭔지 모르겠네.

해수는 유림의 얼굴을 빤히 들여다보며 고개를 저었다.

―내-내가 뭘?

―너 언제까지 원장 앞잡이 노릇 할 건데?

―아-아니거든.

―앞잡이야.

―아니야.

―앞.

―아니라니까!

―그럼, 뭔데?

―희-희-희-희생.

―간편한 새끼, 넌 그 말이 무슨 뜻인지 아니?

―너-너도 모르잖아. 나는 가-가-가인이 아니라 아-아벨이 되고 싶은 거야. 아-아이들이 마-말씀 안에서 새로, 새로, 새로 태-태어나는 게 워-원장님 꿈이래.

―넌 그 말을 믿어? 원장은 인간이고, 인간의 말은 믿을 게 못 되는데. 화가 난 얼굴로 나긋나긋 얘기하잖아. 그게 바로 인간이거든.

―난 정말 그-그거 먹고 조-좋아진 것 같은데.

―정말? 진심? 원장이 널 어떻게 만들어놓은 거지?

해수가 쏘아붙여도 유림은 할 말이 없었다.

원장이 말한 희생이란 유림이 솔선수범하여 다른 아이

들보다 먼저 약을 먹는 거였다. 그 약은 흰색 알약이었다가 노란 벌레 똥 같은 약이었다가 녹색 캡슐이 되었다. 처음엔 투명한 약 봉투에 담겨 있었는데, 나중엔 약통 속에 든 것을 쇠숟가락으로 퍼 주었다. 하루에 두 번, 유림이 약을 먹자 다른 아이들도 하나둘 따라서 먹었다.

그때만 해도 유림은 그 약이 아버지 선생님이 내려주신 영약인 줄 알았다. 원장이 그렇게 말했으니까. 아버지 선생님이 주셨다면 설사 그게 독약이라도 유림은 먹었을 것이다. 나중에 속았다는 사실을 알게 되더라도 후회할지는 장담하기 어려웠다. **내가 시키면 해야 돼, 말아야 돼. 하려는 시늉이라도 내야 돼, 말아야 돼.** 어쩌면 이미 유림은 알고 있었을지도 모른다. 자신의 믿음이 깨질까 봐 그냥 모른 척했다는 걸. 그 약의 실체를 알게 된 건 벽돌집 아이들이 이미 손쓰지 못할 정도로 중독된 뒤였다.

유림이 약을 먹게 된 전말은 이랬다. 원장은 벽돌집을 물려받았다. 아이들에겐 부모가 없었지만 원장에겐 부모가 있었다. 원장의 아버지는 하나의말씀 초창기의 열두 당주 중 하나로, 보육원 사업을 가장 먼저 시작한 인물이었다. 아버지 선생님과 열두 당주가 허락하면 보육원은 세습되었고, 원장은 아버지에게 하나원을 물려받았다. 그렇다고 완전히 개인 소유가 되는 건 아니어서 여전히 본단의 통제를 받아야 했는데, 아이들이 도망치는 일이 잦아지자 본단에서 감사를 나왔다. 그들은 하나님의 아이들이 줄어들까 봐, 말씀의 대표적인 수입원이자 대외 홍보 사업인 보육원 운영에 차질이 있을까 봐, 무엇보다 나라에서 아이들 머릿수대로 나오는 지원금이 줄어들까 봐 걱정했다. 그건 벽돌집뿐만 아니라 다른 여섯 곳의 보육원까지 걸린 문제였다. **하나의말씀이 하나님의 마음이야. 매일 하나님 찾아가서 생명의 샘물을 퍼 오면 뭘 해. 하나님의 마음에 빨대를, 파이프라인을 탁 꽂아 가지고 숨을 들이쉬고 내쉴 때마다 생령을 쪽쪽 빨아먹어야 돼. 그게 자본주의 세상과 함께 호흡하는 거야.** 다른 보육원들이 폭력이나 학대로 해체될 때마다 벽돌집은 아이들을 흡수하며 몸집을 불리면서도 내부에서 발생하는 일이 밖으로 새어 나가지 않도록 했다. 말씀이 지켜주시고 해결해주신다, 라는 믿음이 벽돌집을 받치고 있었다. 원장이 열두 당주 중 하나인 늙은 의사에게 처방전을 받아 온 것도 그런 믿음에서였다.

처음엔 감기약이었다. 1년 뒤에 감기약은 피부약으로 바뀌었고, 우울증 약이 되었다가 ADHD 약이 되었다. 아이들은 감기에 걸리지 않았는데도 감기약을 먹었다. 피부가 말짱했는데도 피부약을 먹었으며 우울하지 않았는데도 우울증 약을 먹었다. 심지어 ADHD 약까지 먹었다. 모두 먹으면 졸리는 약이어서 아이들은 선 채로 졸았다. 머리에 불이 붙은 듯 비명을 지르며 복도를 뛰어다니지 않았고, 시설을 도망치거나 창문을 부수지도 않았다. 원장과 간부들의 말도 잘 들었다. **온전한 순종이 백날 제사보다 낫다. 백날 예배, 백날 기도, 백날 할렐루야 아버지보다 낫다. 이거를 알아, 몰라.**

밥을 먹은 아이들이 하나둘 자리를 떠나고 식당에는 유림과 해수만 남았다. 해수는 테이블 맞은편에 앉아서 그 약을 먹어서는 안 된다고 유림을 설득했다.

─그건 그냥 약이 아냐. 가인들의 활동성을 억제하는 특수 약이지.

─아-아버지 선생님이 내-내려주신 여-여-영약이랬어. 그걸 먹어야 하나님께 순종하고 구-구-구원도 받을 수 있대.

─넌 그 말을 믿니? 아니면 믿는 척하는 거니? 너 자신을 속일 필요가 없어. 내 앞에서 그럴 이유가 뭐 있어?

─너-넌 믿음 없이 구-구-구원받을 수 있어?

─이건 믿음이 아니라 진실에 대한 얘기야. 그리고 구원이란 건 누가 해주는 게 아니거든. 우리 스스로 해야 하는 거지.

―어-어떻게?

―넌 꼭 자기한테 물어야 할 걸 나한테 묻더라.

해수가 투덜대며 목소리를 낮췄다.

―이제 비밀 조사가 끝났어. 가인들이 왜 사라졌는지 알았다니까. 내일 점심 먹고 옥상으로 올라와. 내가 뭘 말하는 건지 직접 보여줄게.

해수의 말에 유림은 혼란스러웠다. 뭘 알았다는 걸까? 아이들이 왜 사라졌는지? 그 애들은 가인의 죄를 짓고 여기서 도망친 게 아니었나? 지난번에는 회개 시간을 발칵 뒤집어놓더니 해수는 또 무슨 일을 꾸미는 걸까.

―그-근데 왜-왜 옥상?

―거기서만 볼 수 있어.

뭘 볼 수 있다는 걸까? 유림은 벽돌집에서 10년 가까이 살았지만 옥상에 올라가본 적은 없었다.

유림이 주저하는데 해수가 다시 물었다.

―그래서 올 거야, 말 거야?

7

터널 끝 이정표에는 다음 마을까지 2킬로미터가 남았다고 쓰여 있었다. 유림은 그 아래에 배낭을 내려놓고 기다렸는데 10분이 지나도 해수는 나타나지 않았다. 산중에서 산새 소리도 들리지 않고, 안개는 터널 위로 넘어가고 있었다. 해수를 저편에 놔두고 혼자 도망쳐버린 게 아닌가, 하는 생각에 유림은 목이 꽉 메었다.

그때 차 한 대가 맹렬한 기세로 터널에서 빠져나왔다. 흰색의 구형 엑센트였다. 확실하지는 않지만 차창 안쪽에서 얼핏 해수의 머리를 본 것 같았다. 곧 휴대전화가 울렸다.

―너 나 봤지!

해수의 목소리였다.

―호-호-혹시 조금 전에 차-차-차 타고 지나간 거야?

―맞아. 발이 아파서 그냥 앉아 있는데, 지나가던 분이 태워주시더라. 이 방향으로 계속 내려와. 난 중간에 내려서 천천히 가고 있을게.

갑작스러운 통보에 유림은 놀랐다. 해수가 무슨 행동을 할지 도무지 예측할 수가 없었기 때문이다. 이런저런 고민을 하며 힘들게 걸어왔건만, 차를 얻어 타고 저만치 앞질러

가버리다니! 유림은 서둘러 배낭을 멨다. 그런데 몇 걸음 가지 못하고 다시 멈춰 섰다. 아침에 길을 나설 때 호수에 들르자고 했던 해수의 말이 떠올라서였다. 지금까지 줄곧 걸어왔고 이제 마을까지 얼마 남지도 않은 듯한데, 호수는커녕 물줄기조차 보이지 않는 게 이상했다. 오른편 산마루에 넘실대는 안개 너머로 해수가 말한 호수가 있을 것만 같았다.

유림은 고개를 내려가 버스 정류장에 서 있는 한 노인에게 물었다.

―이-이리로 가면 호-호수가 나오나요?

―잘못 왔어. 이쪽엔 호수가 없어.

―이-이 근방에 있다고 드-들었는데요?

―마을엔 호수가 없어. 저 너머에 있다니까.

노인은 오른편 산마루를 가리켰다.

―저기로 갈 지-지름길 있어요?

―돌아가야 돼.

―터널 전에 사-삼거리가 있던데, 거기서 다-다른 길로 가면 되나요?

―그렇지, 그리 가면 호수가 나올 거야.

유림은 혼란스러운 나머지 이쪽으로 계속 간다고 해도 해수를 만날 수 없으리란 생각이 갑자기 들었다. 왜 두려움에 덜컥 사로잡혀 생각이 마구 꼬여버리는 순간이 있지 않은가. 자신을 믿지 못하는 상태에서 그간 쌓여온 걱정들이 연쇄 작용하여 결국 예상치 못한 결론에 이를 때가. 그 순간 유림이 그랬다. 해수가 삼거리 전에 차를 얻어 타고 호수 방향으로 갔을 거라고, 조금 전 지나갔던 차에는 해수가 타고 있지 않았으며, 둘이서 뭔가를 단단히 착각한 채 대화를 나눈 거라고. 어쩐지 어미 개가 짖어대더라니. 그때 마침 반대편에서 버스가 오지 않았더라면, 노인이 저 버스를 타면 호수에 갈 수 있다고 알려주지 않았더라면 어떻게 되었을까. 뭔가에 홀린 듯이 호수로 흘러들지 않을 수 있었을까.

어느새 유림은 버스에 올라타 있었고 버스는 느릿느릿 길을 거슬러 올라갔다. 터널을 지나 삼거리에 도착해서는 유림이 가보지 않은 새로운 길로 접어들었다. 보통의 2차선 도로보다 폭이 좁고 오래된 도로였다. 도로 양편으로 늘어선 인가를 지나고 나자 차창 왼편으로 반짝이는 물줄기가 나타났다. 호수였다. 버스가 호수를 따라 굽이돌고 있었다. 유림은 운전석 쪽으로 뛰어가서 세워달라고 말했다.

시간을 확인하려고 휴대전화를 보니 해수에게 전화 두 통이 와 있었다. 호수에 정신이 팔려서 전화가 온 줄도 몰랐다. 유림은 버스에서 내리며 전화를 걸었다.

―어디야?

해수가 물었다.

―나-난 바-방금 호수에 도착했어.

―어? 난 마을에 왔는데?

―거-거기로 가면 호-호수가 없다던데.

―그래, 그렇대.

―나-난 네가 호-호수로 간 줄 알고, 이리로 왔는데?

―뭐 가다가 나오면 들르잔 얘기였지. 힘들게 갈 생각은 없었어.

―…….

―얼른 와. 나 배고파.

―아-알았어. 그-금방 갈게.

경황이 없어서 그렇게 말은 했지만, 전화를 끊고 나니 유림의 머릿속에는 또 다른 생각이 들었다. 어렵게 여기까지 왔는데, 호수를 잠깐 보고 가더라도 늦지는 않겠지. 호수의 아름다운 풍경을 해수에게 전해주면 되잖아. 생각이 꼬리를 물고 이어지는 동안 유림은 저도 모르게 호숫가로 발걸음을 옮겼다.

눈앞에 펼쳐진 풍경은 유림의 기대와는 전혀 달랐다. 거기에 아름다운 호수는 없었다. 호수는 메말랐고, 바위는 작고 볼품없었다. 다리 긴 물새 두 마리가 쓸쓸하게 물 위를 오가며 부리로 물속을 휘젓고 있는데, 호수 주위에 철망 울타리가 둘러쳐져 있어 물가로 다가갈 수 없었다. 해수가 거짓말을 했나. 아니면 헛소문을 들었나. 이 모든 걸 해수의 탓으로 돌려보려 했지만, 이내 유림은 보이지 않는 믿음의 노예가 되어 스스로 여기까지 왔다는 걸 알았다. 순간순간 조금씩 자신을 속여가면서. 그럴 때마다 해수와 점점 더 멀어지는 것도 모르고. 도중에 전화해서 확인해볼 수도 있었는데, 그러지 않은 까닭은 무엇일까. 아니, 적어도 해수가 걸어온 전화를 받기만 해도 됐을 텐데, 그조차 외면하고 기어코 혼자서 호수에 온 이유가 무엇일까.

유림은 목이 탔다. 배낭에서 물통을 꺼내려다가 유림의 손이 R에 닿았다. R의 표면은 얼음처럼 차갑고, 부들부들 떨렸다. 왜 이러지? 뭔가 잘못됐다는 생각에 가슴이 철렁 내려앉았다. 물 마실 생각도 잊고 유림은 식어가는 R을 꺼내 품에 안았다. 그리고 삼거리를 향해 서둘러 걸어갔다. 돌아갈 길이 아득했다. 올 때는 운 좋게 버스를 탔지만, 반대 방향의 버스가 오지 않는다면 여기까지 온 길을 고스란히 걸어서 되돌아가야 했다. 삼거리까지 걸어가서, 다시 고개를 오르고, 터널을 지나야 해수에게 갈 수 있었다. 산중이라 차도 드물었는데, 운이 좋아 지나가는 차를 발견한다 해도 태워줄 리 없을 듯했다. 안개가 걷히자 내리쬐는 햇볕에 움푹 팬 아스팔트 도로가 열기로 일렁였다.

그때 울긋불긋한 차 한 대가 보였다. 상수도 보호구역을 감시하려고 호숫가를 순찰하는 경찰차였다. 앞뒤 잴 것 없이 유림은 달려가 사정을 얘기했다. 울 것 같은 얼굴을 하고서. 길을 잃었다는 둥 마을로 가야 한다는 둥 횡설수설 떠드는 유림을 경찰들은 말없이 바라보았다.

경찰차 안에는 제복을 입은 경찰 둘이 타고 있었다. 운전대를 잡은 경찰은 이십대 후반의 신참이었고, 조수석의 경찰은 머리가 희끗한 고참이었다. 젊은 경찰이 뒷자리에 탄 유림을 진정시키려고 몇 마디 물었다.

—도보 여행 중인가 봐요?

—네.

—학생이에요?

—네.

머리가 희끗한 경찰은 휴대전화를 들여다보느라 관심도 없었고, 젊은 경찰은 운전하느라 건성건성 물었지만, 유림은 그의 질문이 두려웠다. 손톱깎이를 들이민 원장 앞에 앉아 있을 때처럼. 아니, 라고 하면 말이 길어지고 꼬투리가 잡힐까 봐 유림은 마음속 줄임표를 하나씩 늘이며 네, 라고 답했다. 품에 차가운 R을 안고서. 아무렇지 않은 척 창밖을 내다보면서. 하지만 다음 질문에는 선뜻 대답하지 못했다.

—혼자 왔나 봐요?

유림은 창밖에 시선이 붙들린 채 말이 없었다. 메마른 호수가 점점 멀어지고 있었다. 그제야 유림은 알았다. 둘이 아닌 혼자서는 아무 감흥도 느끼지 못한다는 걸, 혼자서는 뭘 해도 아름답지 않다는 걸. 유림은 언제나 해수와 함께였고, 도란도란 나누는 대화만이 그들의 집이자 길이었다. 그러니 지금 왜 이 길을 가는지, 이 길이 맞는 길인지 물을 필요가 없었다. 갈라졌다가 합쳐지고, 가까워졌다가 멀어지고, 높아졌다 낮아지는 길 위에서 유림은 눈을 감았다. 아직 질문이 남아 있나. 그러자 어둠 속에서 해수가 나타나 지도 이쪽과 저쪽에 두 점을 찍으며 답했다. 너와 나 사이에 거짓은 없어. 그제야 둘 사이의 질문도 답도 사라졌다. 여러 갈래로 나뉘던 마음속 길들이 비로소 하나가 되었다.

젊은 경찰이 다시 물었다.

—혼자 왔어요?

유림은 멀어지는 호수를 보며 대답했다.

—아-아뇨.

유림은 품속의 R을 두 손으로 감싸며 말했다.

―치-친구랑 가-같이 왔어요.

해수의 입에서 처음으로 아니, 라는 말이 나왔을 때 품속의 R이 진동을 멈췄다. 차가웠던 R에 서서히 온기가 돌아왔다. 한 걸음 한 걸음 더디게나마 유림은 해수가 기다리는 옥상으로 올라가는 중이었다. 거기서 진실을 마주하기 전까지 해수를 혼자 떠나보낼 수는 없었다.

*

경찰차가 마을 어귀에 도착했다. 해수는 기사 식당 밖 평상에 걸터앉아 있었다. 허기진 얼굴로, 양말을 벗은 채. 해수의 발바닥이 유독 하얗게 보였다. 경찰차에서 내리는 유림을 보고 해수는 얼른 신발을 꺾어 신었다.

―조-좀 늦었지?

―아냐, 왔으면 됐지. 근데 넌 재주도 좋다. 짭새 호위까지 받고. 난 죄도 안 지었는데 왜 경찰차만 보면 가슴이 철렁해?

―괘-괜찮아. 하-학생이라고 했으니까. 치-친구랑 가-같이 왔다고 했어.

―그랬단 말이야? 난 아까 태워준 사람한테 뭐라고 그

랬는지 알아? 더 멀리 데려다준다길래 애인이 기다리고 있다고 했거든.

―자-잘도 그랬네. 바-발은 좀 괜찮아?

―이젠 살 만해. 참, 호수는 어때? 볼만해?

―무-물이 말라서 별로야. 아-아주 별로야. 가-가까이 갈 수도 없고, 그래, 안 가길 아주 응, 잘했어, 지-진짜야.

유림의 말에 해수는 환하게 웃었다.

―그렇지? 야, 얼른 밥이나 먹자. 너 안 오는 줄 알고, 나 오늘은 굶나 했어.

유림과 해수는 함께 늦은 점심을 먹었다. 가인의 땅으로 떠나온 지 열흘이 지나고 있었다. 이제 유림은 어디로 가는지 알 수 없어도 괜찮았다. 해수와 나눈 대화가 곧 그들의 길이었으니까. 혼자가 아니라 둘이라는 사실에 유림은 마음이 놓였다.

들, 묘지(墓地)

I

유림은 얼어붙은 빙판을 걷는 꿈을 꾼다. 혼자는 아니다. 벽돌집 아이들이 앞서가고, 해수와 함께 뒤따라 걷고 있다. 빙판 위로 펼쳐진 수평선, 옅은 눈보라에 아이들의 뒷모습이 희부옇다. 몇 걸음 가지 못해서 바닥이 물렁해지고 웅덩이에 발이 빠진다. 눈 덮인 빙판이 단단하리라 믿었는데 온통 살얼음이다. 앞서가던 아이들은 비명도 지르지 못하고 하나둘씩 아래로 쑥 사라진다. 되돌아가려 하지만 발을 디딜 때마다 빙판이 갈라져 나아갈 수도, 돌아갈 수도 없다. 빙판이 단단하지 않다는 걸 알았다면 애초에 그 위를 걸을 생각조차 하지 않았을 텐데. 믿음이 오히려 함정이 되었다.

*

희부연 안개가 유림과 해수 앞에 펼쳐져 있었다. 이깟

안개쯤. 길을 나설 때만 해도 쉽게 생각했었는데, 안개가 짙어져 방향을 잃고 말았다. 처음엔 방향을 잃은 줄도 몰랐다. 그러다 방향을 잃었다는 걸 안 순간 더 큰 두려움이 찾아왔다. 지나온 길을 볼 수 없다는 두려움, 점점 잘못된 방향으로 가고 있다는 두려움이었다.

그때, 안개 속에서 양옥집의 붉은 지붕이 떠올랐다. 이어서 잔디가 깔린 마당과 그 위에 세운 소형 풍차, 풍차 날개에 다닥다닥 붙은 꼬마전구가 차례로 보였다. 캄캄한 밤, 깊은 산속, 안개가 자욱하고 밤공기도 싸늘한데 붉은 지붕과 풍차라니……. 유림과 해수의 발걸음을 멈춰 세운 건 양옥집 건너편 구멍가게 앞에 있는 희미한 형체였다. 동물이 아니라 사람, 하나가 아니라 여럿이었다. 멀리서는 눈 덮인 돌 조각상처럼 보였는데, 가까이서 보니 어른 둘과 아이 하나였다. 너덧 살배기가 평상에 앉아 있었고, 그 앞에 대머리 노인과 삼십대 중반의 사내가 서 있었다. 아이가 허공 저편을 보며 안개를 움켜쥐려는 듯 작은 손을 뻗자 노인과 사내는 어쩔 줄 모르는 표정으로 그 주위를 맴돌았다.

유림과 해수가 다가가니 그들의 움직임이 뻣뻣해졌다. 해수는 평상에 슬쩍 엉덩이를 걸치며 말을 붙였다.

―어휴, 이 동네는 밤에도 안개가 심하네요.

사내는 굵은 팔뚝으로 아이를 감싸 안았다. 해수는 멋쩍게 웃으며 물었다.

―여기 막걸리 있어요?

노인은 해수의 얼굴을 스윽 보더니 딱 잘라 말했다.

―없다.

―그럼 이 마을에 묵을 데가 있나요?

노인은 대꾸 없이 손가락으로 길 건너 모텔을 가리켰다. 해수의 목소리가 살짝 높아졌다.

―누가 거기 모텔이 있는 걸 몰라서 물어요.

해수의 목소리만 듣고도 유림은 알 수 있었다. 애써 감정을 누르고 있다는 걸. 살갑게 대해주길 바란 건 아니지만 예상 밖의 퉁명함에 유림도 마음이 흔들렸다.

―애들한텐 술 안 판다.

―우린 애들 아니거든요.

―신분증.

―참 나, 이럴 땐 애들이고 저럴 땐 어른이래.

해수와 노인이 티격태격하는데, 노인의 아들로 보이는 사내가 끼어들었다. 다부진 체구에 머리칼이 짧은 사내였다. 사내는 꼿꼿한 눈빛으로 물었다.

―보아하니 타지에서 온 것 같은데, 여긴 뭐 하러 다니

는 겁니까?

해수도 물러서지 않았다.

─뭐, 그냥 둘러보고 있는데요.

─뭐 볼 게 있다고 그럽니까?

안개나 실컷 보게 될 줄 알았나, 하고 해수는 혼잣말하더니 슥 고개를 쳐들며 물었다.

─다음 마을까지는 얼마나 걸려요?

─무장으론 세 시간, 비무장으론 한 시간 반 정도 걸릴 겁니다.

─쉽게 가는 법은 없나 보죠?

─저 앞쪽에 정류장이 있습니다. 버스가 곧 올 겁니다.

사내는 손가락으로 도로 한쪽을 가리켰다. 해수가 뭐라 하든 사내는 침착했고 예의를 잃지 않았다. 둘의 팽팽한 대화 사이로 아이의 혀 짧은 투정이 비집고 들어와 대화가 멈췄다. 억지웃음을 짓긴 했지만 사내와 해수의 표정이 한결 부드러워졌다. 아이의 칭얼거림에 둘 사이의 안개가 걷혔다.

─여긴 안 되겠다.

해수는 사내가 가르쳐준 버스 정류장 쪽으로 걸어갔다. 그 사이에 어정쩡하게 끼어 있던 유림도 얼른 해수를 따라갔다. 노인과 사내가 멀어지자 해수가 말했다.

―저 남자 군인인 거 같은데?

―어-어떻게 알아?

―말하는 걸 들어보면 알지.

―근데 왜 다-다들 화-화가 나 있는 것 같지? 뭐 안 좋은 일, 있나?

―저 애 때문에 그래. 저 애를 보호하려고 그러는 거야.

―누-누가 해치기라도 한대?

―아니.

해수는 흘깃 뒤돌아보았다.

―저 애도 가인이거든. 물을 건너서 만난 애들처럼.

유림이 뒤를 돌아보니 안개 속에서 사내는 여전히 아이를 품에 안고 사방을 경계하며 빙빙 돌고 있었다. 정말 누군가 아이를 뺏어 가기라도 할 것처럼.

해수가 말을 이어갔다.

―이미 한번 잃었기 때문에 경계하는 거야. 저 애도 우리처럼 만들어지고, 학습도 받았을 테니까.

―저-저렇게 어린데?

―딱 저 나이에 받을 만큼 받았겠지. 1차 구간의, 음, 예비 단계 정도? 실은 거기서 70, 80퍼센트가 정해지거든.

유림과 해수가 이야기를 나누면서 걷는데, 안개 낀 도로 한편에 정류장이 나타났다. 검붉은 벽돌로 만든 간이 대합실이었다. 벽돌집이 안개 속에서 불쑥 나타난 것 같아서 유림은 멈칫했다. 하나의말씀에서 말하던 아벨의 집, 해수가 말하던 비밀 연구소, 그토록 도망치길 바랐던 그곳.

―뭐 해, 안에서 기다리자.

해수의 말에 유림은 대합실로 들어갔다.

기다란 나무 벤치에서는 퀴퀴한 먼지 냄새가 났다. 유림은 한쪽 벽에 붙은 버스 시간표를 건성으로 살피며 혼잣말했다.

―저-저-저렇게 어린애는 모-못 봤는데 벽돌집에서.

―연구소가 거기만 있다고 생각해? 전국에 일곱 개나 있는데. 내가 궁금한 건 가인이 되기 전에 저 애는 어디에 있었을까, 하는 거야. 어쩌면 우리랑 같은 곳에서 왔을지도 모르거든…….

해수의 가인 이야기가 계속됐지만 유림의 귀에는 잘 들어오지 않았다. 간이 대합실에 앉아 있으니 벽돌집으로 돌아간 것 같은 기분이 들었다. 그때 그곳에서도 유림은 버스를 기다렸다. 옆면에 동국수산이라고 쓰인 노란 미니버스였다. 남보랏빛 셔츠를 입고 선글라스와 마스크를 쓴 버스 기사가 아이들을 기다렸고, 살구색 커튼이 달린 버스 안은 걸레 냄새로 가득했다. 망가져서 잠기지 않는 안전벨트, 엔진이 푹 꺼졌을 때야 들려오는 트로트 노랫소리, 울렁거리던 도로를 따라 자꾸만 감기던 눈꺼풀, 충북, 빠리, 뉴욕, 천하, 희망, 또 희망, 김포, 안동, 양지, 함흥, 우리집, 한라, 금강, 네바다, 후생, 신생, 열방…… 창밖으로 흘러가는 간판과 십자가들. 고장 난 기억에 시동이 걸리자 나머지 기억들도 줄줄이 따라붙었다. 대낮부터 몰려갔던 공사장도, 번쩍이는 호텔 파티장에서 풍기던 고기 냄새도, 비밀스러운 대화가 오가던 밀실도. **권리가 있으면 의무도 있다, 알아, 몰라. 전도하고, 접시 닦고, 싹싹 모아 바쳐야지, 이기적으로 살면 되나. 머릿수라도 채우든가, 돈이라도 끌어오든가, 몸으로 때우든가. 그래, 안 그래.** 아이들을 착취하던 아버지 선생님의 목소리까지도, 유림은 하나하나 다 떠올랐다.

*

노란 미니버스는 광장으로, 호텔로, 공사장으로 아이들을 바쁘게 실어 날랐다.

버스에 실려 다닐 때마다 유림은 버스가 넘어가버리길 바랐다. 버스의 창이 부서지고, 아이들이 피투성이가 되기를. 영화에서처럼 아무 이유도 없이 버스 안에 있던 아이들이 사라지기를. 도로 한복판에 빈 버스만 덩그러니 남아 있다면 경찰들이 아이들을 찾아 나설까. 아이들이 사라졌다는 뉴스가 나올까. 버스에 아이들이 있었다는 사실조차 모를 텐데. 애초에 없었던 아이들이 사라질 수나 있을까.

유림은 기억했다. 버스가 광장을 지날 때 창밖에서 들려오던 목소리를. 우리 아이들을 살려내라, 살려내라, 살려내……. 시위대는 광장에 모여 8차선 도로의 한쪽을 막고 무대를 설치했다. 반대 차선에 베이지색 경찰 체육복을 입은 사내들이 빨간 트래픽콘을 세워 중앙선을 새로 만들었고, 아이들을 태운 노란 버스는 10분째 도로에 묶였다. 무대 앞에 선 사람들이 확성기에 대고 외치는 목소리가 뜨겁게 도로 위로 쏟아졌다. 우리 아이들을 살려내라, 살려내라, 살려내……. 붉은 깃발이 나부꼈고, 깃발에서는 휘발성 페인트 냄새가 났다. 응어리진 목소리가 깃발 아래 고여서, 깃대에 묶여서 저쪽으로 날아가지 못하고 한자리에서 펄럭였다. 사람들이 깃발 아래로 모였고, 깃발은 사람들 손에서 손으로 옮겨졌다. 깃발은 위아래로 사선으로 출렁이며 춤을 췄다. 그러는 중에도 외침은 줄어들지 않고 반복됐다. 아이들을 살려내라, 살려내라, 살려내…….

창밖을 보던 해수가 말했다.

―저들은 탈락자야. 프로젝트에 못 들어가서 저러는 거야.

―뭐-뭔 프로젝트?

―아이들을 되살리는 프로젝트. 거기에 자기 애들도 넣어달라고 시위하는 거야.

그제야 유림은 해수가 무슨 말을 하려는지 알 것 같았다. 해수가 말하는 가인은 인간을 위해 봉사한다든가, 인간 병기처럼 쓰인다든가, 장기를 제공한다든가, 그런 비인간적인 목적으로 만들어진 존재가 아니었다. 생명 윤리를 외치는 자들의 입을 막고 삶과 죽음을 거스르는 이 중대한 미션을 실행하기 위해서는 무엇보다 대의명분이 필요했다. 그렇게 죽은 아이들을 되살린다는 미명 아래 프로젝트가 시작됐다. 백화점이 무너지거나 다리가 끊어지거나 배가 가라앉는 대참사에서 죽은 미성년 아이들을 복제 인간으로 되살리는 프로젝트였다. 현장에서 채취된 유전자 정보를 통해 죽은 아이와 똑같은 가인을 만들고, 부모가 제공한 자료와 증언에 따라 철저하게 학습시켜 다시 집으로 돌려보낸다. 해수에게 벽돌집은 프로젝트를 전담하는 특수 기관이었는데, 외부에 노출되지 않으려고 보육원으로 위장하고 있을 뿐이었다.

―클로닝(cloning) 기술은 이미 완성돼 있어. 윤리적, 법

적으로 문제가 있어 사용을 못 할 뿐이지. 근데 재난에서 죽은 아이들을 되살린다는 명분이 생겼잖아. 대신, 철저하게 매뉴얼에 따라야 해. 심사도 엄청 까다롭고.

버스가 도시를 가로질러 터널을, 광장을, 타워와 슬럼을 지날 때마다 해수는 자신의 이론을 하나씩 덧붙였다.

―우리는 최종 테스트를 통과하기 전까지 인간이 아니야. 학습이 완료되고 승인받아야 부모 품으로 돌아갈 수 있거든. 근데 여기서도 문제가 있어. 절차 없이 가인들을 폐기하니까. 가인들이 연구소 뒤뜰에 묻혔는데 아무도 그걸 모르고, 알아도 별일 아니라고 생각해. 그 사람들 눈에는 그 애들이 인간이 아니거든.

*

그때나 지금이나 해수의 목소리는 멀다.

―조금만 기다려. 곧 이 일이 세상에 알려질 거니까.

간이 대합실 안에 앉아 있자니 유림은 해수가 벽돌집 뒤뜰에 집착해 열을 올렸던 모습이 떠올랐다. 벽돌집 식당에서 밥을 먹으며 해수는 유림에게 옥상으로 올라오라고 말했는데…… 무슨 비밀 조사가 끝났다고 했던가. 그날 유림은 옥상에 올라갔던가, 올라가지 않았던가.

　해수가 말했다.

　―그래도 아까 그 애는 잘 적응할 것 같아, 아직 어리니깐. 부모가 포기해서 돌려보낸 애들도 있는데, 뭐.

　―그-그러면 그 애는 어-어떻게 돼?

　유림의 말에 해수는 눈을 부릅떴다.

　―너도 봤잖아, 벽돌집 옥상에서.

　멀리서 버스 오는 소리가 들렸다. 그 소리에 벽돌집에서 그랬듯 유림은 반사적으로 나무 벤치에서 일어섰지만, 해수는 그 자리에 그대로 앉아 있었다. 대합실 밖에서 헤드라이트를 비추던 버스는 잠시 멈췄다가 곧 떠났다. 바깥 세계는 다시 어두워졌고, 이제 어둠 속에는 유림과 해수 단둘이 앉아 있었다.

2

　노란 미니버스가 호텔 뒷문에 벽돌집 아이들을 뱉어놓는다.

　호텔 1층 파티장에서는 매달 행사가 열렸다. 꽃무늬 이

브닝드레스를 입은 여자 신도들, 굵은 알 시계를 찬 남자 신도들, 휴대전화에 코를 박고 게임을 하는 그들의 아이들. 큰 소리는 내지 않았다. 적당한 대화와 소음. 웅성거리는 그들만의 대화가 천장에서 바닥으로 퍼졌다. 피아노 소리, 인공 꽃향기. 반들반들한 대리석 벽에는 그리스 신화의 한 장면을 담은 대형 그림이 걸려 있어, 마치 고대 신전에 들어선 듯한 기분이 들었다.

홀 가운데 기다란 테이블에는 고급 요리가 쌓여 있었다. 랍스터, 푸아그라, 트러플, 캐비어, 전복찜, 가자미회, 샤인머스캣. 테이블 주위를 빙글빙글 돌아가며 신도들이 웃고 떠들었다. 머리에 핀을 꽂은, 여자인지 남자인지 모를 저 아이는 도대체 어떤 부모를 두었기에 파티장을 제 집인 양 콩콩 뛰어다니는 걸까. 형광등 불빛에 음식은 3D프린터로 뽑아낸 플라스틱 모형처럼 윤기가 흘렀다. 진짜를 닮았지만 먹을 수 없는 것들. 할렐루야 하나님, 우리에게 일용할 양식을 주옵시고. 아이들은 믿음의 힘으로 상상의 음식을 질겅질겅 씹어댔다. 먹을 것 천지였지만 벽돌집 아이들이 먹을 음식은 없었다. 신도들과 그 아이들이 파티 음식을 게걸스럽게 먹어치우는 동안 새 성전 마련을 위한 기금 박스는 30분도 안 되어 봉투로 가득 찼다.

해수는 파티장 테이블 사이를 돌아다니며 음식을 나르고 접시를 치웠다. 벽돌집 아이들은 뒷문을 찾아내는 데 귀신이었다. 호텔 뒷문으로 들어가 검은 바지에 흰 셔츠로 갈아입고 파티장 테이블 사이를 바삐 움직였다. 밖에서 보는 파티장과 안에서 보는 파티장은 달랐다. 손님들이 흥겨워지려면 열심히 발을 구르는 아이들이 있어야 했다. 아무리 준비를 해도 음식이 들어가는 순간 순서와 위치는 늘 뒤죽박죽이 되었고, 준비된 것이든 준비되지 않은 것이든 모두 파티의 흥겨움 속에 녹아들어 마구 뒤섞이곤 했다.

접시를 든 해수가 벽 한쪽에 선 유림 곁을 스쳐 지나갈 때마다 한마디씩 했다.

─저 사람들은 지금 자기가 뭔 짓을 하는지 몰라. 나중에 알게 되면 깜짝 놀라게 될걸?

해수가 접시를 나르는 동안 유림은 검정 니트릴 장갑을 끼고 고기를 구웠다. 파티장 한쪽에는 고기 요리가 놓이는 테이블이 따로 있었다. 셰프 모자를 쓴 외국인 요리사들은 직접 고기를 굽지 않았다. 요리사들이 지시하면 옆에 선 아이들이 은색 집게로 고기를 불판에 올려놓고 다 익은 고기는 접시로 내렸다. 양복 남자들과 드레스 여자들은 그 앞을 서성이며 고기가 익기를 기다렸다. 그들의 눈엔 고기만 보였고 아이들은 보이지 않았다. 일하는 아이들이 어디서 왔는지, 여기서 뭘 하고 있는지 관심도 의문도 없었다. 점잖고 적당한 침묵에 아이들은 지쳤다. 고기 냄새에도 콧속이 따끔거렸다. 배에서 꼬르륵 소리가 날 때마다 유림은 저 음식들이 맛없을 거라고, 저런 걸 왜 먹는지 모르겠다고 몇 번이고 속으로 되뇌었다.

구색을 갖추기 위한 요리들이 절반 넘게 남았는데 고급 요리는 일찍 동이 났다. 남은 음식은 파티가 끝나고 아이들이 처리했으며, 그래도 남으면 투명한 사각 플라스틱 통에 넣어 일곱 곳의 벽돌집으로 보내지거나 버려졌다.

*

파티가 끝나고 홀을 정리하고 있을 때, 남색 제복에 금색 영어 명찰을 단 여자가 찾아왔다. 금색 명찰은 아이들 중에서 유림과 정우, 둘을 데리고 프라이빗 엘리베이터에 올랐다. 엘리베이터가 20층 펜트하우스로 올라가는 동안 금색 명찰이 두 아이에게 말했다.

―너희, 위에 올라가면 어떻게 해야 하는지 말 안 해줘도 알지?

금색 명찰은 손가락을 입술에 갖다 댔고 유림과 정우는 고개를 끄덕였다. 정우는 이번이 네 번째, 유림은 두 번째였다. 엘리베이터 문이 열리면 무엇을 해야 할지 알았다. 눈을 감고, 귀를 막고, 입을 다물 것. 어두운 복도 끝으로 커다란 문이, 벽처럼 보이는 문이 나타났다.

금색 명찰은 펜트하우스 문을 열고 이리저리 바쁘게 불을 켰다. 정우와 유림도 금색 명찰을 도왔다. 그 안이 마법 궁전처럼 환해졌다. 공을 차며 뛰어놀 만큼 거실이 넓었고, 통창으로 캄캄한 밤하늘이 보였다. 어디가 방이고 어디가 화장실인지, 어디가 막혀 있고 어디가 뚫려 있는지 모를 공간이 줄줄이 미로처럼 이어졌다. 문을 열면 방이 나왔고, 맞은편 문을 열면 또 방이 나왔다. 펜트하우스의 불이 하나둘 켜지는 동안 유림이 중얼거렸다.

—저-정말 이 안에서 벼-벼-벽돌집 애들이 다 잘 수도 있겠어.

펜트하우스 가장 깊숙한 곳에는 밀실이 있었다. 금색 테이블을 둘러싼 가죽 소파, 노래방 기계와 대형 스피커가 있는 그 방을 아이들은 룸짜장이라고 불렀다. 짜장면, 짬뽕, 탕수육, 난자완스, 팔보채 등 중국요리만 술안주로 나오기 때문이었다. 아버지 선생님이 중국요리를 좋아해서라고 했다. 아이들은 중국 호텔의 어린 직원들처럼 흰 셔츠에 금빛 나비넥타이를 맸고, 프라이빗 엘리베이터로 올라오는 젊은 여자들은 몸에 착 달라붙고 허벅지가 훤히 드러난 치파오를 입었다. 그곳엔 마오타이와 우량예 같은 비싼 중국술, 돔페리뇽과 고급 위스키도 갖춰져 있었다.

룸짜장에 오는 손님은 모두 아버지 선생님의 손님이었다. 회장님이나 의원님, 빌딩만 수십 채인 부동산 재벌, 돈가방을 들고 오는 사채업자도 있었다. 손님이 끊이질 않는데 정작 유림은 아버지 선생님을 한 번도 보지 못했다. 벽돌집 원장이 아버지 선생님을 대신하여 손님을 접대하기 때문이었다.

금색 명찰의 지시에 따라 유림과 정우는 술과 안주를 나르고 얼음 통을 바꿔주며 룸짜장 안을 들락거렸다. 교육받은 대로 눈을 감고, 귀를 막고, 입을 다물었으므로 그날 밀실 안에서 보았던 장면을 유림은 오랜 시간이 지난 뒤에도 어떻게 설명해야 할지 몰랐다. 룸짜장의 침침한 조명 아래, 남자 둘이 소파에 몸을 기대고 있었다. 한 사람은 흰 셔츠에 검은 재킷을, 다른 사람은 잿빛 승복을 입고 있었다. 한 사람은 머리가 풍성했는데, 다른 사람은 머리털 한 올 없이 반들반들했다. 한 사람은 하나원 원장이었고, 다른 사람은 대홍사 주지였다. 그들은 각자의 신에 대해서, 땅에 대해서, 신뢰와 약속에 대해서 이야기를 나누는 중이었다.

―하나의말씀 이름으로 이 땅은 저희가 잘 쓰겠습니다.

원장이 말했다.

―다 부처님의 무량한 뜻이 있겠지요.

주지가 합장했다.

유림은 그들을 보지도 않았고, 그들이 하는 이야기를 듣지도 못했다. 계약서를 주고받고 도장을 찍는 것도 보지 못했다. 정우가 인주를 가지러 아래층에 내려갔다 오는 사이 그들은 유림이 들여간 1953년산 마오타이 한 병을 냉큼 비워버렸다.

원장이 말했다.

―선생님이 요즘 수련 주간이라서 많이 아쉬워하셨습니다. 잘 접대하라고 신신당부하셨으니 몸 좀 풀고 가십쇼. 믿음이 없어서 타락하는 게 아니란 말씀이 있지 않습니까. 사랑을 안 해서 타락하는 겁니다. 사랑을 안 해서 거기가 쪼그라들고 생령이 흩어지는 거지요.

주지는 승복 소매를 걷어 올리며 껄껄 웃었다.

―좋은 말씀입니다. 하나의말씀이 번창하는 이유가 있었네요. 안 그래도 소문이 자자하던데, 어디 소문이 맞는지

오늘 한번 확인해봅시다.

룸짜장 밖에서 유림이 대기하고 있을 때 알록달록한 치파오를 입은 아가씨 둘이 안으로 들어갔다. 둘 다 화장이 짙고 깡마른 몸매였는데, 곧 쫓기듯 도망 나왔다. 룸짜장 안에서 원장이 금색 명찰에게 호통치는 소리가 들려왔다.

—너 지금, 선생님 안 계신다고 우릴 우습게 보는 거냐?

—앞으로 계약서 하나 더 써야 하는데, 너 때문에 일 틀어지면 아버지 선생님이 가만 놔두지 않으실 거다.

—하, 답답하네. 무슨 설문 조사 하니? 취향 테스트해? 얼른 연락 돌려서 몸 좋은 선수들만 보내라고 해. 얼굴도 괜찮으면 따따블로 챙겨 준다 하고, 알았지?

다시 마오타이 한 병을 갖고 들어갔을 때 원장은 주지에게 이렇게 말하고 있었다.

—스님, 아무리 저희가 심령이 가난해도 아름답지 않은 건 받아들일 수 없지 않습니까?

30분 뒤, 새로운 여자 둘이 엘리베이터로 올라왔다. 이목구비가 뚜렷하고 늘씬한 몸매의 여자와 오밀조밀한 얼굴에 아담한 몸매의 여자였는데, 역시 분홍색 치파오를 입고 있었다. 곧 밀실 안에서는 화기애애한 웃음소리가 들려왔다.

유림이 갖고 들어간 마오타이만 세 병이었다. 정우가 인주를 찾으러 내려갔을 때 한 병, 첫 번째 아가씨 무리가 왔을 때 한 병, 그 뒤에 여자 두 명이 다시 왔을 때 한 병. 유림이 네 병째 갖고 들어갔을 때 둘은 벌써 만취한 상태였다. 기분 좋아진 원장이 파트너에게 물었다.

─우리가 무슨 관계 같으냐? 형님과 동생? 선배와 후배?

여자는 술병을 갖고 들어오는 유림은 흘깃 보더니 답했다.

─한 분은 스님이고, 한 분은…… 목사님 아니에요?

원장이 키득거렸다.

─목사님? 그렇게 보이냐?

─아닌가요?

─교주님, 하고 불러봐라.

─교주님?

─옳지. 선생님, 하고 불러봐라.

유림이 듣든 말든 원장은 뻔뻔스러운 표정으로 거침없이 말했다. 여자는 과장된 목소리로 장단을 맞췄다.

─오빤 선생님이 아니라 예수님이지. 지금 꼭 예수님 같은 표정을 짓고 있잖아요. 내가 어떻게 이 불쌍한 애들을 구해줄까, 하고 근심하는 표정 같은데?

그 말에 신이 난 원장은 술병을 치우는 유림의 손을 덥석 잡았다.

―너도 내가 예수님 같아 보이냐?

유림은 어떻게 반응해야 할지 몰라 당황스러웠다. 아버지 선생님이 계시는데 어떻게 저런 말을 할 수 있지? 아버지 선생님 말씀이라면 껌뻑 죽던 벽돌집에서는 전혀 보지 못한 모습이었다. 원장은 껄껄 웃으며 유림의 손을 놓아주지 않았다.

―그래, 예수님과 부처님의 역사적인 거래가 일어난 날인데, 너도 같이 신나게 놀아보자! 우리는 한편이지 않니?

유림은 술 취한 원장에게 잡혀서 밀실을 빠져나오지 못했다. 기계에서 염불 같은 트로트와 찬송 같은 댄스곡이 번갈아 흘러나왔다. 번쩍이는 조명이 몸 위에 꽃무늬를 새겼다. 원장과 주지는 각자의 파트너와 앞으로 나가 연인처럼 블루스를 추고, 친구처럼 어깨동무한 채 노래를 부르고, 대여섯 살 먹은 아이처럼 손뼉을 쳤다. 그들은 술을 우유처럼 꿀꺽꿀꺽 마시고, 안주를 과자처럼 아삭아삭 씹어 먹었다. 할렐루야 아미타불 만세! 이 땅에 크게 외쳐라. 새로운 성전 만만세! 유림이 밀실을 빠져나왔을 때는 댄스가 한바탕 끝난 뒤였다. 원장은 유림에게 나가라고 손짓했다. 그러고는 주지 앞에 무릎을 꿇고 혀가 꼬부라진 목소리로 말했다.

―앞으로 아버지, 아니지, 작은아버지로 모시겠습니다.

유림이 술병과 그릇을 치우러 들어갔을 때는 원장과 주지가 나란히 테이블에 고개를 처박고 잠든 뒤였다. 치파오를 입은 여자들은 사라졌고, 탁자 위에는 마오타이 빈 병과 안주 접시가, 탁자 아래에는 계약서가 나뒹굴고 있었다. 유림은 김이 모락모락 나는 기스면 그릇을 두 사람 머리맡에 반듯하게 올려놓고 뒷걸음쳐 밀실을 나왔다.

3

어두운 길 끝이 훤해지더니 버스가 정류장으로 들어왔다. 앞부분이 찌그러지고 엔진이 덜덜 떨리는 시골 버스였다.
버스 기사가 문을 열고 소리쳤다.
―안 탈 거요? 막차인데?
유림이 주저하자 기사가 투덜거렸다.
―이러는 시간에 이미 도착했겠네.
유림과 해수는 버스에 올랐다. 뒤편에는 승객 서너 명이 듬성듬성 앉아 있었다. 둘은 뒷문 쪽으로 향했다. 문 바로 뒤에는 유림이, 그 뒷자리에는 해수가 앉았다. 좁은 산길에서 버스가 속도를 내자 차창에 나뭇가지가 득득 부딪혔다.

여섯 정거장을 지나 버스는 종착지에 이르렀다. 차창 밖이 새까맸다. 버스를 타면 큰 마을로 갈 줄 알았는데, 이전 마을보다 더 외지고 캄캄한 마을에 도착한 것이었다. 버스 안에는 유림과 해수, 둘만 남아 있었다.

―안 내릴 거요? 종점인데?

기사가 소리쳤다. 무언가 잘못됐음을 깨달은 해수가 앞쪽으로 가서 물었다.

―여기 혹시 잘 만한 곳이 있어요?

기사는 해수를 위아래로 훑어보았다.

―없을걸? 마을이 크지 않아서.

―그럼 이 버스는 다시 나가요?

―나가지, 내일 아침에.

―아저씨는 어디서 주무시는데요?

―기사 숙소에서……

해수는 머뭇거리지 않고 말했다.

―거기서 저희도 좀 잘 수 있나요?

―좁아서 잘 데가 없을 텐데……

기사는 궁색한 대답으로 꽁무니를 뺐다. 재워주기 싫어서 그런 걸까, 정말로 숙소가 좁아서 그런 걸까. 얇은 가면을 덮어쓴 듯한 기사의 표정을 유림은 읽을 수가 없었다.

유림과 해수는 체념하고 버스에서 내렸다. 캄캄한 밤, 멀리서 개 짖는 소리만 들려왔다.

―여-여긴 텐트 칠 데도 어-없겠는데…….

―차가 안 다니는 곳을 잘 찾아보자.

―무-물을 구할 데는?

―생라면 먹지, 뭐.

어디서 어떻게 밤을 보낼지 유림과 해수가 얘기를 나누고 있는데, 기사가 둘 쪽으로 걸어왔다. 정확히 말하자면 기사가 버스를 간이 차고지에 세워놓고 숙소로 들어가는 길목에 유림과 해수가 있던 거였다. 기사가 머뭇머뭇 곁을 지나치려 할 때 해수는 한 번 더 말했다.

―좁아도 괜찮으니까 재워주시면 안 돼요? 진짜 잘 곳이 없어서 그래요.

해수의 목소리는 간절하면서도 당당했다.

―안 된다니까!

기사가 소리를 지르자 해수가 움찔했다. 유림은 해수의 한쪽 팔을 붙잡았다.

―그-그-그냥 가자.

기사는 두 아이를 쳐다보지도 않고 손을 휘적휘적 저으며 가버렸다. 이번에도 유림과 해수는 그들이 모르는 어둠 속에 버려지고 말았다.

4

―어제도 걷고, 내일도 걸을 텐데, 오늘은 늪에 빠졌네.

해수가 노래를 흥얼거리듯 투덜대고 나자 곧 벌판이 나타났다. 안개가 자욱해 멀리는 보이지 않았다. 처음에는 무른 땅 위로 자란 풀이 발목을 가볍게 잡아끄는 정도라 그냥 무시하고 걸었는데, 곧 발이 푹푹 빠졌다. 5분을 가니 신발이 젖기 시작했고, 10분을 더 가니 양말을 벗어야 했다. 맨발로는 갈 수 없어 신발을 신은 채 찌걱대며 나아갔다. 물기에 발이 붙고 발가락 사이로 진흙이 스며들었다. 돌아보아도 지나온 길은 보이지 않았다. 왜 이리로 들어왔지, 어떻게 나가야 하지. 눈앞의 안개와 발밑의 진흙보다 더 두려운 건 가슴속 의심과 침묵이었다.

―나-나 물어보고 싶은 게 있는데.

유림이 입을 뗐다.

―너-너-너하고 내-내가 같다고 얘기했잖아. 저-정말 우--우리가 같아?

안개 낀 밤중에, 그것도 진흙 벌판을 걸어가며 묻기에 적당한 질문은 아니었다. 그러나 유림은 무거운 침묵을 품고 있을 수 없었다. 이윽고 땅을 보며 걷던 해수가 고개를 들었다.

―내가 그랬다고?

유림이 고개를 끄덕였고, 장막처럼 펼쳐진 안개 속에서 해수의 목소리가 들려왔다.

―그래, 너랑 나는 똑같지. 너는 나고, 나는 너야. 우리는 똑같은 생명이거든.

벽돌집 안에서도, 벽돌집 밖에서도 해수가 늘 하던 말.

―우리는 가인이잖아. 같은 연구소에서 학습됐고.

결국 가인 이야기였다. 유림의 실망스러운 마음을 아는지 모르는지 해수가 말을 이어갔다.

―근데 설정된 타입은 좀 다른 것 같아. 넌 안을 들여다보고, 나는 밖으로 드러낸달까. 이번에 보니까 3초만 참으면, 내가 할 것 같은 말을 네가 하더라. 그럴 땐 깜짝 놀라. 어떻게 우린 같은 생각을 하는 거지…….

―네-네가 놀랐다면 나-난…… 어땠겠어.

해수가 웃었다.

―근데 넌 좀 비겁해.

―내-내-내가 왜?

―늘 착한 척하느라 그렇지, 뭐. 나쁘면 더 많은 일을 할 수 있다는 걸 모르거든.

―꼬-꼭 많은 일을 해야, 해야 돼?

―아니, 그럴 필요는 없지. 근데 너무 재미없지 않아? 잘 아는 일만 하고, 또 할 수 있는 것만 하고 살면.

그러더니 해수는 유림의 얼굴을 빤히 보며 물었다.

―넌 한 번도 생각해본 적이 없어?

―뭐-뭔 생각?

―너 자신을 바꾸고 싶다는 생각.

나 자신을 바꾼다고? 유림은 그런 생각을 100번도 넘게 해봤을 것이다. 아예 자신을 부수고 완전히 새롭게 태어나고 싶었다. 하지만 그런 충동이 들 때마다 무엇을 어떻게 해야 할지 몰라 답답했다. 바꾸고 싶다고 바뀌는 것도, 바꾸고 싶지 않다고 바뀌지 않는 것도 아니었다. 무슨 짓을 해도 유림이 벽돌집에서 자랐다는 사실은 바꿀 수 없을 것이다. 그렇다면 그곳에서 자라는 동안, 가장 힘없던 시절, 자기도 모르는 사이에 스며든 어둠과 침묵은? 아무리 떨치려 해도 떨쳐지지 않는, 이 밑도 끝도 없는 수치심은 도대체 어떻게 해야 하는 걸까? 벽돌집을 떠올릴수록 유림은 머릿속 깊숙이 무엇인가 척 달라붙어 깊고 어두운 굴속으로 가라앉는 듯한 기분이 들었다.

─어? 누가 저기에 돌을 쌓아놨지?

해수의 목소리가 생각에 빠져 얼어붙은 유림을 깨웠다. 해수는 손가락으로 안개 속 벌판 위에 불규칙하게 쌓인 돌무더기를 가리켰다. 하나가 아니라 여러 기(基)였다. 아무렇게나 부려놓은 돌무더기가 아니라 산길이나 절 근처에 정성껏 쌓아놓은 돌탑 같았다. 비틀거리며 위로 솟은 모양새였는데, 큰 돌들 틈에 작은 돌들이 꽉 물려 있었다. 위로 갈수록 둘레가 줄어드는 방사형 돌탑도 있었고, 아래와 위의 너비가 별 차이 나지 않는 직선형 돌탑도 있었다. 무릎까지 오는 작은 돌탑도 있는가 하면, 사람 키보다 두세 배는 큰 돌탑도 수십 기였다.

가까이 다가가니 각각의 돌탑 가운데에는 특정한 모양이 음각으로 새겨진 중심 돌이 박혀 있었다. 사람 얼굴이 새겨진 돌, 부리부리한 눈에 수염이 달린 도깨비 얼굴의 돌, 사나운 짐승과 웃는 아기 얼굴을 닮은 돌도 있었다. 울퉁불퉁한 얼굴들이 돌탑 안에서 고개를 내밀고 지켜보는 것 같았는데, 돌탑을 지날 때마다 다음에 어떤 얼굴이 나올지 짐작할 수 없었다. 유림과 해수가 안개를 뚫고 돌탑 사이를 빙글빙글 돌며 지나가자 기억도 망상도 아닌, 꿈도 아닌 것들이 눈앞에 한 겹 한 겹 펼쳐지는 듯했다.

—무슨 냄새 나지 않아? 뭔가 비릿한 냄샌데?

해수가 걸음을 멈췄고, 유림은 코를 달싹였다. 이건…… 피, 피, 피 냄새 같다고 말하려다 온몸에 소름이 돋았다. 들판에서 피비린내라니. 유림이 돌탑 위에서 인기척을 느낀 것도 그 피비린내를 맡았을 때였다. 마치 유림과 해수가 이곳으로 걸어 들어오기만 기다렸다는 듯 짐승 같은 그들이 돌탑 꼭대기에서 숨죽이고 앉아 있었다. 안개와 돌탑, 그리고 돌탑 위에 웅크린 것들에 유림과 해수는 완전히 포위되고 말았다.

5

노란 버스가 벽돌집 아이들을 공사장에 뱉어놓는다.

벽돌집 원장과 마흔 명 남짓의 용역 직원이 아이들을 기다리고 있다. 그들은 버스에서 내리는 아이들을 한 줄로 세우고, 남색 재킷과 흰색 마스크를 나눠 준다. 유림은 작업복을 다 갈아입을 때까지 왜 여기로 왔는지 몰라서 옆에 선 해수만 멀뚱히 보았다. 유림을 보는 해수도 같은 표정이었다.

그곳은 이미 아수라장이었다. 부지 앞 차도와 인도 사이 난간에도, 이웃한 아파트 상가의 낮은 옥상에도, 흰 바탕에 검고 붉은 글씨가 쓰인 플래카드가 죽 걸렸다. '특혜 주고 주민 고통, LH는 반성하라!' '학교 앞 사이비가 웬 말이냐, 하나의말씀 절대 반대!' '특혜 분양 불법 전매, 분양 자격 박탈하라!' 아파트 주민들이 컨테이너로 성벽을 만들어 부지 진입로는 꽉 막혔다. 그들은 포클레인과 대형 트럭을 끌고 와서 북을 치고 구호를 외치며 도로 위에 드러누웠다.

맨 앞에 머리가 희끗희끗한 중년 남자가 마이크를 잡고 외쳤다.

―낙찰은 대흥사가 받았는데, 왜 하나의말씀이 건축 허가를 신청했는지 철저히 밝혀야 합니다. LH는 땅장사만 하면 그만입니까? 아이들 학교 앞에 이단 종교가 웬 말입니까!

옆의 사십대 여자가 마이크를 받아 외쳤다.

―우리 아이들 등하굣길이 너무 위험합니다. 사이비는 우리 동네에 절대 발붙일 수 없습니다!

그 말에 주민들이 손뼉을 치며 또박또박 외쳤다.

―특혜 주고! 주민 고통! LH는! 반성하라!

주민들의 외침을 듣고 유림은 눈앞의 벌판이 새 성전을 지을 부지라는 걸 알았는데, 그들의 외침이 무엇을 뜻하는지는 몰랐다. 왜 성전을 여기에 지으면 안 되지? 왜 아이들이 위험해지는데?

나중에야 안 사실이지만 그 땅은 원래 신도시에서 종교 시설로 배정된 부지였다. 처음 대흥사라는 절이 살 때만 해도 잠잠했는데, 하나의말씀에 땅을 넘기면서 문제가 불거졌다. 사이비 종교 성전 같은 유해 시설이 들어오면 아파트값이 떨어진다는 위기의식에 단지 전체가 술렁였다. 주민들은 비상대책위원회를 만들고 아파트 주변에 플래카드를 내걸었다. 길을 막고 시위가 이어져 공사 개시일이 차일피일 미뤄지자 하나님의 사업을 늦출 수 없다는 아버지 선생님의 명령이 떨어졌고, 종단 전체가 일사불란하게 움직였다. 뜻이 하늘에서 이루어진 것과 같이 땅에서도 이루어지리다. 여기서 뜻은 하나의말씀이고, 땅은 새 성전의 부지였다. 열성 신도들은 물론 보육원 아이들까지 현장에 총동원됐다. 공사를 밀어붙인다는 소식에 인근 아파트 주민 500여 명이 몰려나와 진입로를 막고 대치 중이었다.

이미 도착한 작업복들은 주민들을 밀어내느라 정신이 없었다. 모닥불에서 피어오르는 연기가 하늘을 뒤덮고, 유리 조각과 소화기 거품이 땅 위에 흩어졌다. 하나의말씀에서 동원한 신도들과 본단에서 고용한 용역들로도 버겁기는 했으나 일곱 대의 버스로 아이들까지 끌어모은 건 단지 머릿수를 늘리기 위해서만은 아니었다. 아이들을 앞세워 더 확실하게 어른들을 무력화하려는 노림수이기도 했다. 벽돌집 원장은 작업복으로 갈아입고 현장에서 아이들을 지휘했다. 그는 아이들을 모아놓고 연설했다. 부자고 가난한 자고 다들 무릎 꿇고 기도하며 살아야지. 아이들은 눈을 감고 기도했다. 아벨의 피는 믿음이었네. 용역들의 욕지거리가 귓가에 맴돌았다. 다들, 개새끼처럼 힘찬 박수! 연설을 마친 원장은 아이들을 스윽 훑어보며 말했다. 새 성전의 시대를 너희 손으로 시작하라!

현장에서 들려왔던 아우성이 귓전을 때렸다. 손대면 성추행이다! 선두에서 진격하는 10여 명의 여성 용역들이 소리쳤다. 이기적인 새끼들, 싹 쓸어버려! 험악한 남자 용역들이 소리쳤다. 본부장님, 힘쓰고 있습니다. 곧 밀어낼 것 같습니다. 원장이 본단에 전화를 걸어 소리쳤다. 그러면 아이들은? 아무 말도 못 했다. 눈앞의 세상을 원망하듯 노려보고만 있었다. 아이들은 기도문을 다시 외웠다.

―우리는 세상에서 가장 강한 사람에게 사랑받습니다. 그 때문에 울고 웃고, 그 때문에 살아갑니다. 아버지 선생님이 진리이자 본질입니다.

그 기도문에는 두려움이 없었다. 온몸을 흔드는 떨림만이 있었고, 그것은 아버지 선생님이 베푸신 은혜에 반드시 보답해야 한다는 신호였다. 모든 것을 바치기 위해 우리는 여기 있다! 그 강렬한 감정에 아이들은 먹혀버렸다. 아이들은 앞으로 나아가면서 한 사람만 생각했다. 세상에서 나를 가장 잘 아는 이는, 세상에서 나를 가장 사랑하는 이는 아버지 선생님뿐, 또 그래야 한다는 믿음. 만 권의 책, 만 명의 사람보다 아버지 선생님 한 분이 우리에게 소중하니. 아버지 선생님은 우리의 친구이고 애인이고 아비고 스승이고, 늘 그 이상의 하늘이다!

주민과 용역들, 동원된 신도들과 아이들은 서로 물을 뿌리고 소화액을 퍼붓고 몸을 붙들고 싸웠다. 사랑하는 하나님이 이제 아이들의 손에 수류탄을 쥐여준다. 사과처럼 생긴 수류탄은 어둠과 침묵, 고통의 또 다른 이름이다. 유림은 손안에 착 감기는, 작고 둥근 그것을 내려다본다. 빈주먹을 쥐고 주민들을 노려보면서. **사람 하나 죽고 사는 게 하나의말씀과 관련 있어, 없어? 사람 하나 다치고 상하는 게 하나의말씀과 관련 있어, 없어?**

아이들은 묵묵히 앞으로 나아갔다. 달아날 곳이 없어서 앞으로 가기만 했다. 굴착기가 스르렁 팔을 휘젓자 어어, 하면서 앞장선 아이들이 한쪽으로 쏠렸다. 용역들에게 밀려서 컨테이너 저지선 앞에 다다랐을 때, 컴컴한 그 안에는 붉은 머리띠를 동여맨 주민 시위대가 아이들을 노려보고 있었다. 유림과 해수는 컨테이너 안으로 뛰어 들어갔다. 몸싸움은 격렬하지 않았다. 몸이 서로 엉키려던 순간 컨테이너가 기우뚱거려서 아이들과 주민들이 한쪽으로 휩쓸리며 넘어졌다. 포클레인 운전석을 점거하려던 누군가가 레버를 잘못 건드려 굴착 버킷이 컨테이너를 때렸던 것이다. 컨테이너가 한쪽으로 기울고, 주민과 다른 아이들이 해수가 있는 쪽으로 밀려왔다. 비명. 덮쳐오는 몸뚱이들을 밀쳐내려 했지만, 버티지 못하고 고꾸라졌다. 다시 비명. 컨테이너 문틀을 붙들고 일어서자 이번엔 철문이 머리 위로 떨어져 내렸다. 그 순간 각각, 하는 소리와 함께 해수는 머리통이 떨어지는 듯한 기분이 들었다. 내장까지 덜덜거리게 만드는 한기가 몸을 훑고 지나갔고, 입속에 뾰족하게 비명이 맺혔다.

*

그날 아이들은 흙투성이가 되었다. 너희는 원래 진흙에 불과했다는 아버지 선생님의 말씀처럼.

벽돌집으로 돌아온 아이들은 공동 샤워실로 들어가 진흙이 묻은 옷을 벗었다. 해수의 몸에는 보랏빛 물감을 칠해놓은 듯 멍 자국이 휘감겨 있었다. 하나의 선이 어깨에서 시작돼 가슴과 옆구리를 지나 엉덩이로 이어졌고, 또 다른 선은 허벅지에서 시작돼 배를 타고 겨드랑이와 어깨를 지나 목 아래에서 끝났다. 이마에는 손바닥만 한 반창고를 붙인 채였다. 코피는 뺨에 딱딱하게 말라 굳었으며, 터진 입술은 부풀어 올랐다. 하얀 이마에서 미간으로 뚝뚝 떨어져 내리던 핏방울. 몇 바늘만 꿰매면 될 상처였는데 응급실은커녕 동네 외과에도 가지 못했다. 해수보다 더 많이 다친 아이들, 심지어 진흙에 완전히 파묻힌 아이들도 있었는데, 그 사실도 원장은 숨겼다. **사람 하나 죽고 사는 게 하나의말씀과 관련 있어, 없어? 사람 하나 다치고 상하는 게 하나의말씀과 관련 있어, 없어?** 현장에서 아이들 몇 명이 다치거나 사라졌고, 그걸 무마하는 조건으로 주민들과 거래가 이루어졌다. 아이들을 방패 삼아 새 성전의 역사가 시작된 하루였다. 아이들의 몸에 새겨진 멍과 상처는 말씀이 내린 영광의 훈장이 되었다.

해수가 유림에게 말했다.

—너 얼굴에 멍 들었어.

유림의 왼쪽 눈에 보랏빛 멍이 들어 있었다.

─너-너도.

해수의 오른쪽 눈에도 보랏빛 멍이 들어 있었다.

─어쩜 우린 하는 짓이 이렇게 똑같냐.

해수가 키득거렸다.

─우리가 서로 때렸나? 이렇게?

해수가 장난스레 주먹을 뻗어 유림의 왼쪽 눈에 갖다 댔다. 보랏빛 멍의 크기는 해수의 주먹 크기만 했다.

─그-그럼 나-나도 널?

유림도 주먹을 뻗어 해수의 오른쪽 눈에 갖다 댔다. 보랏빛 멍의 크기가 유림의 주먹 크기만 했다.

─이건 멍이 아니거든. 봐라.

해수는 세면대에서 물로 얼굴을 닦고, 샤워기를 틀어 자기 몸을 박박 문댔다. 그러면 멍 자국이 지워지기라도 한다는 듯이.

─정말 웃긴다.

해수가 멍 자국을 지우다가 말했다.

─뭐-뭐가?

─아냐.

─너, 어-어떻게 다쳤는지 기억은 나?

해수는 고개를 저었다.

—아니, 나 아무것도 기억 안 나. 머리가 이상해졌나 봐.

샤워를 마친 뒤 유림은 해수의 찢어진 이마를 소독하고 반창고를 갈아줬다. 반창고를 떼니 반달 모양으로 푹 파인 상처가 드러났다. 벌어진 상처 안에 선홍색 속살이 보였다. 이마가 찢어진 건 해수였는데 유림의 이마가 아팠다. 핏물이 뱅글뱅글 눈 속으로 빨려 들어가는 것처럼 얼굴에서 열이 났다.

—난 괜찮아. 가인은 재생력이 좀 있거든.

부어오른 얼굴로 그런 말을 잘도 하다니. 그런 해수가 야속해서 유림은 알코올 솜으로 찢어진 상처 부위를 꾹꾹 눌렀다. 아아, 해수는 얼굴을 찡그렸다. 유림은 이마에 새 반창고를 붙이다가 손에 힘이 빠졌다. 그 순간 유림의 몸에서 무언가가 빠져나갔다.

해수가 말했다.

—놀라게 해서 미안해.

그런 말을 들으려는 게 아니었는데. 유림은 퉁퉁 부어오른 해수의 얼굴을 똑바로 바라보지 못했다. 마치 사방에 연결된 줄에 매여 방 한가운데에 억지로 세워져 있는 것 같았다. **사람 하나 죽고 사는 게 말씀과 관련 있어, 없어? 사람 하나 다치고 상하는 게 말씀과 관련 있어, 없어?** 유림의 몸을 연결한 줄들이 하나둘 끊어지고 눈꺼풀이 떨렸다. 눈물이 흘렀다.

6

가-가인이 그의 아-아우 아벨에게 마-말하고, 그들이 드-들에 있을 때에 가-가인이 그의 아우 아-아벨을 쳐-쳐-쳐 죽이니라.

돌탑 꼭대기에서 뛰어내린 건 인간 형체의 그림자들이었다. 모두 서른 명 정도 되었는데, 피부 모공에서 씨앗이 자라난 듯 온몸이 잡풀로 뒤덮여 있었다.

―가인들이야!

눈과 코, 입과 귀, 얼굴에 난 구멍이란 구멍에서 진흙이 흘러나와 얼굴이 잘 보이지 않았는데도 해수는 그들의 정체를 단번에 알아챘다. 넋 놓고 있던 유림이 그들을 알아본 것은 그보다 조금 뒤, 흘러내릴 듯 겨우 붙은 턱에서 딱딱거리는 소리를 듣고 나서였다.

―마- 말씀을, 믿으세요? 기-기도하며, 사세요? 때-때 묻은 짐을, 하나님께 맡기세요!

그건 벽돌집 아이들이 거리 포교를 다닐 때 쓰던 말이었다. 포교가 아니라 수행, 에고를 깎는 연습이라고 원장은 말했다. 얘기 좀 나눌 수 있을까요. 저희는 신학생, 죄를 멸하는 법으로 논문을 쓰고 있는데, 설문 좀 도와주세요. 보육원 아이들 생일인데, 축하 메시지 부탁드려요. 도시의 공기는 거센 파도와도 같아서 아이들은 말씀의 구명조끼를 피부 안쪽에 끼워 넣고 표류했다. 질주하는 차들이 일으키는 바람에도, 행인들이 내젓는 팔의 반동에도, 또 그들이 내뱉는 차가운 말에도 작은 몸이 휘청거렸다. 우리 좋은 얘기 나눠요. 같이 가요. 좋은 사람들 많은데. 네네, 실례했습니다. 네네, 죄송합니다. 경멸과 혐오에 찬 눈길을 받을 때마다 아이들은 말씀에 한 걸음 더 다가간다고 배웠다.

―쟤-쟤들은 대호랑 매-맹상 같아.

유림은 머리 부분이 이끼로 뒤덮이고 정수리에 강아지풀이 비죽 튀어나온 그림자를 가리켰다. 유림이 중학교 들어가던 해에 댄서가 되겠다며 사라진 그 아이 같았다. 옆에는 성탄절 전날에 벽돌집 유리문을 깨고 사라진 맹상 같은 덩치가 씩씩대며 서 있었다.

―저-정우와 미란이도 있어.

둘은 샴쌍둥이처럼 등이 붙어 마침내 한 덩어리가 된 모양이었다. 정우가 한쪽으로 가려 하면 미란이도 다른 쪽으로 가려 해서 좀처럼 앞으로 나아가질 못했다. 남자도 여자도 아닌 새된 목소리로 그들은 동시에 중얼거렸다.

여-여호와께서 가인에게 이-이르시되 네-네 아우 아벨이 어-어디 있느냐. 그-그가 이르되 내가 아-아-알지 못하나이다. 내가 내 아-아우를 지키는 자니이까.

유림이 그 말에 정신을 빼앗겼을 때 해수의 목소리가 들려왔다.
―속으면 안 돼. 저건 그냥 말일 뿐이야. 우릴 시험하려고 만든 시뮬레이션 테스트라고!
안개 속에서 유림과 해수는 서로 다른 것들을 보고 있었다. 유림은 대호, 정우와 미란이, 맹상을 보는데 해수는 사라진 가인91호, 92호와 93호, 94호를 보았다. 고개도 돌리지 않고 잡초와 진흙에 파묻힌 몸뚱이를 똑바로 보았다. 끊긴 단어로 이어지는 그들의 울부짖음을 놓치지 않고 들었다.
그들에게 눈을 떼지 않은 채 해수는 유림의 손을 잡았다.
―너 지금, 뛸 수 있지?
그 말과 동시에 해수가 유림의 손을 잡아끌며 돌탑 사이로 뛰어들었다. 그들도 돌탑을 빙글빙글 돌며 뒤따라왔다. 유림과 해수가 돌탑을 한 바퀴 돌면 그들도 한 바퀴 돌았다. 두 바퀴 돌면 그들도 두 바퀴 돌았다. 닿을 듯 말 듯. 어릴 적 벽돌집에서 술래잡기하듯이. 그들은 소리를 지르며 돌탑 사이를 뛰어다녔다. 파티장으로, 공사장으로, 거리로. 술래를 쫓던 아이들이 안개 자욱한 진흙밭에서 하나씩 사라졌다. 어제는 대호가, 오늘은 정우와 미란이, 내일은 맹상이 사라졌다. 그 애들은 다 어디로 간 걸까?

앞에는 다른 돌탑보다 세 배는 커다란 돌탑 두 기가 서로 마주 닿을 듯 서 있었다. 그 사이는 몸을 옆으로 틀어야 겨우 통과할 수 있을 만큼 좁았다. 유림과 해수는 몸을 구겨 넣고 통과했지만 뒤쫓던 가인들은 빠져나오지 못하고 그 틈에 꽉 끼었다.

—일어나, 같이 가자!

그들은 버둥거리며 외쳤다.

이-이르시되 네가 무-무엇을 하였느냐. 네 아우의 피-피-핏소리가 따-땅에서부터 내게 호-호소하느니라.

두 돌탑 사이를 지나자 눈앞에는 거대한 돌산이 나타났

다. 벽돌 두 장을 붙여놓은 크기의 디딤돌들이 돌산 둘레를 따라 나선형으로 촘촘히 박혀 있었다. 마치 공중에 떠 있는 계단처럼. 가인들이 돌탑 틈새를 막 비집고 나오려는 순간, 해수가 첫 디딤돌에 발을 올려놓았다.

─아래는 보지 말고, 네 발끝만 봐!

유림도 해수를 따라 디딤돌에 발을 디뎠다. 다음 발, 또 다음 발, 둘은 겅중겅중 공중으로 올라갔다. 해수의 말대로 아래를 보지 않으려 애썼지만, 자꾸만 발아래로 험하게 튀어나온 돌탑들의 머리가 눈에 들어왔다.

가인들은 돌탑 사이를 겨우 빠져나와 돌산 앞까지 따라왔다. 그들 역시 디딤돌을 딛고 올라오려 했지만, 다섯 계단도 채 오르지 못하고 하나둘 아래로 떨어졌다. 대호가 가장 먼저, 정우와 미란이는 함께, 맹상은 커다란 덩치로 버둥대다가.

─일어나, 같이 가자!

돌산 아래의 어둠 속에서 가인들이 울부짖는 소리가 울려 퍼졌다.

따-땅이 그 이-입을 벌려, 네 소-손에서부터 네 아우의 피-피-피를 받았은즉, 네가 땅에서 저-저-저주를 받으리

니…….

 이제 유림은 돌산을 올라가며 아래를 내려다보지 않았다. 한 번이라도 헛디디면 저 밑으로 떨어질 것만 같아서 무릎이 저릿하고 허벅지엔 소름이 돋았다. 하지만 다음에 내디딜 발, 그것만 생각했다. 한 계단 한 계단, 유림이 올라가는 건 돌산이면서 동시에 벽돌집 옥상이었다. 이제, 죽지 않고 살아남으려면 두 눈을 똑바로 떠야 했다.

7

―나-나 예전에 아-악어를 묻어뒀던 기억이 나.
 어릴 적 유림은 돌 밑에 묻어두곤 했다. 가져서는 안 되는 것들, 기억해서는 안 되는 것들을.
―악어가 있어?
―그-그런 기억이 있어. 아주 자-작은 악어였어.
 악어뿐만이 아니었다. 어른들의 한숨과 찌푸린 표정 또한 돌 밑에 묻어두었다. 비웃음도, 낮춰 보는 시선도, 자신의 존재에 대한 의심이나 어디선가 훔쳐 온 것들도. 하지 않아도 받는 오해, 정말 했을지도 모른다는 두려움, 해야 했는데 못 했다는 자책, 그런 것들까지 모두.

―근데 악어가 살아 있었어, 죽어 있었어?

―사-살아 있었어. 근데 그걸 가져가면 호-혼날 거잖아. 그래서 거기에 묻어두고 가-가끔 보러 갔어.

―새를 묻어두듯이?

―새-새를 무-묻어두듯이.

―악어는 죽지 않았어?

―주-죽지 않았지.

―악어가 점점 커지면 어떻게 해?

―생각, 생각 안 해봤어. 나는 그냥 어-어린애고 그-그냥 어린애답게 묻어둔 것뿐이니까. 그건 보-본능 같은 거잖아.

―누군가 꺼내봤을까?

―꺼-꺼내봤겠지?

―누가?

―그-그-그 사람들이.

그러면서 유림은 그 사람들을 내려다보았다. 벽돌집 옥상에서. 해수가 옥상에 올 거냐고 물었던 바로 그날에. 사람들은 뒤뜰에 묻힌 뭔가를 찾는 중이었다. 정말 악어였을까? 아니면 어떤 죄책감이었을까? 아니, 그날 옥상에 올라가기는 했을까?

 ─우리는 다 속았어. 가인들은 도망친 게 아니야. 연구소에서 몰래 폐기한 거지. 저길 봐!

 해수가 가리킨 벽돌집 뒤뜰에는 경찰들이 낡은 삽을 들고 서 있었다. 침묵 속에서, 펜스 안팎으로 잡풀이 아이들 키보다 높이 자라던 그곳에서 제복 입은 경찰과 공무원들이 삽으로 땅을 파기를 바랐다. 포클레인이 투박한 발톱을 휘저어 침묵으로 얼어붙었던 땅이 푹푹 파이기를. 흙을 퍼낸 구덩이 안에서 그들이 나올 때까지. 여기 있다, 머리뼈다, 하고 일그러진 표정으로 외치기를. 하나가 아니다, 또 있다. 포클레인이 멈추면 삽을 들고 구덩이 안으로 허겁지겁 뛰어들기를. 바스러진 머리뼈들. 소년의 조그만 머리뼈부터 청년의 커다란 머리뼈까지. 어둠과 침묵 속에서도 결코 사라지지 않는 선홍색 뼛조각들이 발견되기를. 그러나 그런 일은 일어나지 않았고, 일어날 수도 없었다. 경찰들은, 같이 온 공무원들은 원장과 함께 뒤뜰을 한 바퀴 휘둘러보고는 잡초밭으로 들어가지도 않고, 그 앞에서 반들반들한 구두코로 땅바닥을 툭툭 차다가 돌아갔다. 유림과 해수는 분명히 보았다. 그들이 한 손을 주머니에 찔러 넣고 담배 연기를 흩날리며 시시덕대는 모습을.

그날 벽돌집은 흔들렸지만 무너지지는 않았다. 기자들이 벽돌집 너머에 진을 치고 있지도 않았고, 텔레비전에는 벽돌집에 대한 뉴스가 단 한 줄도 나오지 않았다. 실종 신고도 되지 않은 아이들이 바로 거기에 묻혀 있다는 걸 아무도 알지 못했다. 벽돌집에서 매일 밤 야구를 하고, 아이들에게 약을 먹인다는 사실도. 버스에 아이들을 실어 파티장으로, 공사장으로, 밀실로 데려간다는 사실도. 하나원과 하나의말씀의 실체도 폭로되지 않았다. 그런 일은 결코 일어나지 않았고, 일어날 수도 없었다. 아무 일 없었던 것처럼 벽돌집은 일상으로 돌아갔다. 교단은 급히 해외 선교 일정을 짜서 아버지 선생님을 외국으로 내보냈고, 원장은 공동본부장 자리에 올라 아버지 선생님을 대신해 교단을 지휘했다. 그들은 고발자를 잡아내려 벽돌집을 들쑤셨고, 매일 밤 아이들을 시켜 닫힌 방 안에서 야구를 했다. 아이들이 아이들을 고발하고, 아이들이 아이들을 때렸다. 아이들이 아이들을 때리고 또 때렸다. 참지 못한 아이들이 울음과 회개를 토해냈다. 그럴 때 유림과 해수는 살아 있는 것도 죽어 있는 것도 아니었다.

8

 디딤돌을 밟고 돌산 꼭대기에 오르자 벽돌집 옥상 반쯤 되는 크기의 평지가 펼쳐졌다. 몸을 떨며 주저앉은 유림과 해수의 발아래로 수백 기가 넘는 돌탑이 내려다보였다. 바람이 윙윙 불 때마다 돌탑들이 우는 듯했다. 울음소리가 바람을 타고 들판을 지나 돌산 꼭대기로 몰려들었다. 사방에서 울음이 몰려들 때 그들은 돌산에 있었고, 동시에 옥상에 있었다. 낮은 너무 밝았고, 밤은 너무 어두웠다. 무엇도 적응되지 않았고, 적응될 수 없었다. 저 밖은 시끄럽기만 하고 대체 무슨 일이 일어나는지 알 수 없었다. 어둠 속에서 유림은 해수를 끌어안았다.

—너 떠니?

해수가 물었다.

—이-이제 정말 끄-끝날지도 모르잖아.

—누가? 뭐가?

—우-우-우리가.

—우린 진작에 끝났는데. 봐, 여기는 죄다 무덤이야!

지평선 아래에서 산란하는 붉은 빛이 어둠을 조금씩 지워냈다. 박명의 시간. 보들보들한 어둠 속 돌탑들의 그림자 위로 자그마한 불빛들이 피어올랐다. 태초의 어둠 속에서 떠돌던 불꽃의 씨. 셀 수 없이 많은 죽음. 그 앞에서 할 수 있는 일은 아무것도 없었다. 어둠을 뚫고 날아오르는 불빛들을 끝내 똑바로 볼 수 없어 유림은 울었다. 땅 위에 겹겹이 쌓인 돌들은 아무 말도 하지 않았다.

—사람을 죽이고 살리는데, 뭔 얘기가 더 필요하냐!

해수가 불빛을 향해 외쳤다.

해수의 그 말이 자신에게 하는 말인지 아니면 저 아래의 세상을 향한 말인지 유림은 알 수 없었다.

—사람을 죽이고 살리는데, 뭔 얘기가 더 필요하냐고!

해수의 외침이 퍼져나갔고, 그에 응답하듯 묏등 너머 긴 구름층 사이로 태양이 떠올랐다. 둥그런 능선과 축축한 구름 사이에 낀 태양, 그 선홍빛 눈동자가 유림과 해수를 응시했다. 눈동자는 아래에서 위로 움직였고, 무심한 눈꺼풀 같은 구름은 천천히 옆으로 흘러갔다. 눈이 감기면 돌산은 어두워졌고, 눈이 열리면 다시 환해졌다.

바람처럼 떠도는 물음에 유림은 혼잣말하듯이 답했다.

—그-그래도, 우--우린, 해-해야 돼.

이야기해야 한다. 살아남기 위해서가 아니라, 살아 있지도 죽어 있지도 않은 것만은 피하기 위해서. 진짜 죽음이란 그런 것이었으니까. 이제, 죽음을 바로 보자 해가 들판 위를 구석구석 비추고 빛의 길이 들불처럼 번졌다. 안개에 가렸던 돌탑들이, 그 헛묘들이 와르르 무너져 내리며 먼지가 안개를 삼켰다. 들판에 엎드려 있던 풀들이 일제히 일어났고, 유림과 해수는 그 풀들이 가리키는 쪽을 바라보았다. 그들은 돌산에 있었고, 동시에 옥상에 있었다. 돌산에 있는 그들이 가야 할 길을 가늠하고 있을 때, 옥상에 있던 그들은 손을 잡고 건물 아래로 달려 내려갔다. 벽돌집의 십자가가 멀어지고, 더 이상 계단이 나오지 않을 때까지. 열두 제자상과 호국 영령이 늘어선 등나무 터널, 학생과 술꾼이 뒤섞인 꽃마차 거리, 사거리 건너 변전소 들판과 한강을 따라 뻗은 밤의 고가도로를 지나 마침내 쉴 곳을 찾을 때까지……. 네가 바-밭을 갈아도 따-땅이 다시는 그 효-효력을 네게 주-주지 아니할 것이오. 너는 따-따-땅에서 피하며 유-유리하는 자가 되리라. 가인의 마지막 구절은 저주와 축문이 되어 떠도는 둘을 뒤쫓았다. 그 사이 계절이 바뀌고 벽돌집 뒤뜰에 잡풀과 나무가 무성히 자라났다. 풀들은 이름도 없이 발목까지, 무릎을 지나 허리까지 올라왔다. 그들 역시 살아 있는 것도 죽어 있는 것도 아니었다. 쟤네들도 다 이름이 있어. 우리가 몰라서 그렇지. 유림은 풀들의 이름을 기억하려

했지만 어디에도 새겨지지 않았다. 밤마다 꿈속에서 웃자란 풀들이 천천히 흔들렸다.

뫼, 망산 邙山

1

 유림과 해수는 비구름 속으로 걸어 들어갔다. 오락가락하던 빗줄기가 땅을 뚫을 기세로 쏟아졌다. 비가 내리면 나무 아래로, 바위 밑으로 숨었다가 비가 멎으면 다시 걸었다.

 비에 젖은 몸이 지쳐갈 때쯤 어둑한 하늘 저편에 커다란 얼굴이 보였다. 왼쪽 뺨부터 허리까지 검게 그을린 부처님 석상이 황토벽 너머에 우뚝 서 있었다. 부처님이 있다면 비를 피할 절도 있지 않을까. 두 아이는 공중에 떠 있는 부처님 머리를 향해 걸음을 재촉했다.

 유림이 커다란 나무 대문을 밀자 빛바랜 사천왕이 양옆에서 내려다보았다.

 ─여-여긴 사람이, 안 사나?

 경내는 텅 비어 있었다. 거미줄 낀 울타리며, 말라붙은 화분이며, 불에 탄 듯 한쪽 벽면이 검게 그을린 종무소며. 신발장에는 신발이 한 켤레도 없었다. 유림은 뒤편 지붕과

화단을 가리켰다.

—저긴 누가 과-관리하는 것 같은데?

전각은 낡았지만 단청은 또렷했고, 화단에는 희고 붉은 꽃이 곱게 피어 있었다.

—사람이 아니라 부처님이 직접 관리하시나?

유림과 해수는 종무소를 지나 뒤쪽 전각으로 걸어갔다.

명부전 안은 막 청소를 마치고 향이라도 피운 듯 고요하고 깨끗했다. 죽은 자를 보살피는 지장보살상이 매서운 표정으로 유림과 해수를 노려보며 서 있는데, 그 주위에 열 곳의 지옥을 관리하는 대왕들의 눈빛도 하나같이 형형했다. 그들의 위세에 눌려 해수는 선뜻 안으로 들어가지 못하고 물었다.

—내가 죽으면, 어느 분을 찾아가야 해?

—여-여-염라대왕님 아닐까?

유림은 금강경을 머리에 이고 선 대왕상을 가리켰다.

—혀-혀로, 거짓말로 세-세상을 어지럽힌 자를 지-지-지-지옥에 보낸대.

—흥, 그런가.

해수는 어깨를 으쓱하더니 말했다.

—여기서 하룻밤 자기는 좀 그런데.

유림과 해수는 명부전을 돌아 나와 미끄러운 돌계단을 지나서 약사전으로 향했다. 그곳은 더 낡고 허름했다. 갈라진 바닥에선 잡초가 듬성듬성 자랐고, 안벽의 틈새로 거미와 지네가 기어다녔다. 사방에 나무 썩는 냄새가 진동했다.

─몸과 마음이 아픈 사람을 낫게 하는 분이래. 너도 여기 와서 인사 좀 드려.

해수가 먼저 신발을 벗고 약사전 안으로 들어가자 유림도 따라 들어갔다. 연화대 위에 선 약사여래가 인자한 미소를 띠고 두 아이를 굽어보았다. 약사여래의 오른 손바닥은 가슴 높이로 들어 정면을 향하고, 왼 손바닥은 배 앞에 두어 하늘을 향했는데 그 위에는 작고 둥그런 약단지가 놓여 있었다.

─아까보단 마음이 편하네.

해수는 구석에 몸을 기대며 중얼거렸다.

─오늘은 여기서 자자.

유림은 명부전이 더 나았지만 순순히 고개를 끄덕였다.

─여긴 노-높은 데 있어서 무-물이 들어오진 않을 것 같아.

유림과 해수는 약사전 안에 텐트를 치고 침낭으로 들어갔다. 비를 피해 걷느라 몸도 마음도 지쳤다. 바닥에 누우면 그대로 잠들 것만 같았다. 그래도 유림은 잊지 않고 배낭 속 R을 확인했다. 빗속에서 지나온 길들이 기억나지 않았고, 약사여래가 든 약단지만 선명하게 떠올랐다. 랜턴 불빛에 흔들리는 여래의 그림자가 손에 닿을 듯 가물거렸다.

―여기 꼭 쿠바맨션 같아. 거기도 처음엔 엉망이었는데.

해수의 목소리가 유림에게 꿈결처럼 들려왔다.

―지금은 어-어떻게 됐을까?

―다 부쉈겠지.

―아-아니, 그 애들 말이야.

재개발 구역에 있던 쿠바맨션. 그 애들은 아직도 그 동굴 같은 집에 숨어 살고 있을까, 아니면 뿔뿔이 흩어졌을까.

―뭐 어떻게 됐겠지.

해수가 졸음에 취해 하품하며 중얼거렸다.

―뭐…… 어떻게…… 됐겠지…….

유림은 해수의 몽롱한 목소리를 듣다가 잠이 들었다.

유림이 다시 잠에서 깨었을 때는 새벽 무렵이었다. 문짝과 들창이 뜯겨 나간 약사전은 바람을 안고 음산한 소리를 냈다. 해수는 어둠 속에서 약사여래의 그림자를 향해 앉아 있었다. 호랑이를 탄 산신, 용을 탄 칠성, 거북을 탄 용왕……. 벽을 보고 중얼거리던 해수의 말이 먼저 이곳에 살았던 사람들을 향한 감사 인사일지도 모른다고 생각하며 유림은 다시 잠이 들었다.

2

쿠바맨션은 재개발 구역 한가운데에 있었다. 원래 이름은 반도맨션이었지만, 해수는 거길 쿠바맨션이라고 불렀다. 이런 건물은 쿠바에서나 볼 수 있다며. 해수는 꿈꾸듯 말했다.

─쿠바는 흑인과 중국인이 어울려 사는 나라래. 난 거기 가서 춤도 추고 그림도 그리고, 하고 싶은 거 다 할 거야.

쿠바맨션은 낮에는 습한 그림자로 가득하고, 밤에는 불빛이 겨우 새어 나오는 오각형 모양의 연립주택이었다. 쓰레기봉투와 종이 상자가 쌓인 계단을 지나면 페인트칠이 벗겨진 맨션 입구가 나왔다. 4층짜리 복도식 건물의 절반은 비어 있었는데, 305호는 빈집이었고 303호에는 이십대 여자가 혼자 살았다. 늦은 오후면 분홍 핫팬츠 차림으로 복도에 나와 쓰레기봉투를 내놓고는 담배를 맛나게 피우던 여자였다.

유림과 해수가 쿠바맨션에 들어간 건 순전히 랄로 때문이었다. 그는 그들보다 세 살 위인 벽돌집 선배로, 고등학교에 입학하던 해 그곳을 탈출해 맨션에서 가출 팸을 이끌고 있었다. 날로 먹어서 랄로, 날로 나빠져서 랄로. 무슨 일을 하든 날로 먹으려 하는 습성 때문에 붙은 별명이었다. 꽃마차 골목에서 술을 마시고 돈을 내지 않고 도망치거나, 파티장이나 공사장에 끌려갈 때면 배가 아프다는 핑계로 빠지기 일쑤였다. 밤중 야구를 할 때도 벽에 공을 튀기는 시늉만 내다가 슬쩍 물러나곤 했다. 그러나 해수의 기억 속 랄로는 그런 모습과는 달랐다.

—랄로는 벽돌집의 생존자야. 저항 세력을 이끌지. 거길 무너뜨리려면 우린 서로 힘을 합쳐야 해.

3년 만에 만난 랄로는 많이 달라져 있었다. 짧은 머리에 선글라스, 흰 티셔츠에 청바지, 하이힐과 링 귀고리. 놀라는 유림과 해수에게 랄로는 티셔츠 목 부분을 잡아당겨 가슴에 난 구멍 여섯 개를 보여주었다. 벽돌집 시절 랄로가 했던 피어싱 흔적이었다.

—기억나지? 피어싱은 다 뺐어.

유림은 그 구멍들이 별자리 같다고 생각했다. 지금의 랄로는 남자인지 여자인지 도무지 분간하기 어려웠다.

랄로는 유림과 해수를 304호로 안내했다. 문을 열자 담배 냄새가 훅 끼쳐왔고, 누렇게 변색된 벽지가 눈에 띄었다.

유림의 귓가에 노래가 울렸다. 랄로는 날로 먹어서 랄로, 날로 나빠져서 랄로. 벗겨진 장판 사이로 콘크리트가 드러났고, 거실 바닥에는 요와 이불이 한 번도 개지 않은 듯 깔려 있었다.

─내 이럴 줄 알았다.

랄로가 이부자리를 뒷발로 차며 말을 돌렸다.

─너희 원장을 골로 보내려 했다며?

유림과 해수가 말이 없자 랄로는 표정을 바꿨다.

─아무것도 안 하고 당하는 애들보다 훨씬 낫지.

─딴 애들은?

─일하러 갔지. 오늘 들어올진 모르겠네.

랄로는 미심쩍은 표정으로 답했다. 유림은 빨리 그곳을 벗어나고 싶었지만, 해수는 집을 보러 온 세입자라도 된 듯 구석구석을 살펴보느라 바빴다.

─우린 사업을 해.

랄로가 삐쩍 마른 팔을 접었다 폈다 하며 말했다.

─그러니까 여긴 우리 회사야. 매일 연구도 하고, 돈도 아끼고, 그래서 같이 사는 거지.

화장실 세면대에서 물을 틀어보던 해수가 물었다.

─무슨 사업?

―이것저것.

랄로가 어깨를 으쓱해 보였다.

―뭔 생각하는지 알겠는데, 난 그런 짓 안 해. 적당히 겁주면서 돈만 뺏고 빠져나갈 구멍을 줘야 하잖아. 근데 내가 그런 걸 잘 못해.

그러고 나서 랄로는 얼른 화제를 바꿨다.

―다 봤지? 딴 애들은 내가 알아서 할 테니까. 네 집이라 생각하고 여기서 편히 지내. 월세만 잘 내면 되지 뭐.

―월세?

해수가 물었다.

―공짠 줄 알았어? 우린 사업을 한다니까.

―얼만데?

―그건 너희가 하는 거에 달렸지.

랄로의 상냥한 웃음에서 오히려 서늘함이 느껴졌다. 유림은 해수에게 속삭였다.

―라-랄로는 벼-변한 게 어-없어.

그때 큰 발을 하이힐에 구겨 넣던 랄로가 약간 짜증 섞인 목소리를 냈다.

―그리고 난 이제 랄로가 아니야. 여기선 라리라고 불러.

―라리? 날라리 할 때…… 라리?

해수가 피식 웃자 랄로는 눈썹을 치켜올리며 되받았다.

―아니, 페라리 할 때, 라리.

그러곤 낮은 목소리로 덧붙였다.

―난 그걸 살 거니까.

3

비가 그친 하늘 아래, 야트막한 언덕 위로 콘크리트 신전이 나타났다. 좌우 대칭을 이뤄 중앙으로 갈수록 층층이 높아지는 계단식 건물. 길고 탄탄한 시멘트 기둥들이 콘크리트 상단을 받치고 있는데, 기둥 간격이 일정해서 건너편 하늘도 같은 크기로 잘려 보였다. 기둥과 난간에 악착같이 매달린 덩굴들, 울부짖는 검정 새들이 신전 위를 맴돌다가 녹슨 대형 못들 위에 차례로 내려앉았다.

콘크리트 신전은 원형 가시철조망을 올린 녹색 철망 펜스에 둘러싸여 있었다. 주위는 온통 풀밭이었는데, 펜스를 따라가봐도 들어갈 문은 보이지 않았다.

해수는 펜스 위로 쓰러진 나무 한 그루를 가리켰다.

―저기로 넘어가면 되겠다.

해수가 먼저 펜스를 잡고 철조망 위에 있는 나뭇가지를 디디며 안으로 넘어갔다. 같은 방식으로 유림이 펜스를 넘어가자 안쪽에서 해수가 유림을 받아주었다.

해수와 유림은 어린나무와 잡풀이 우거진 풀밭을 헤치고 걸어갔다. 억센 풀잎에 쓸려 팔과 뺨에 붉은 자국이 났고, 거미줄이 들러붙어 등허리가 간질거렸다. 무성한 풀숲에 무릎 아래가 보이지 않아서 둘은 자꾸만 발을 헛디디며 휘청거렸다. 축축하고 울퉁불퉁한 풀숲을 헤치고 갈수록 숨은 거칠어지고 풀잎이 사방에서 푸드덕거렸다.

폐수가 흐르는 도랑을 뛰어넘고 풀숲을 건너가자 딱딱한 시멘트 바닥이 나왔다. 빗물에 젖어 들러붙은 머리칼, 검붉은 진흙이 묻은 얼굴, 온몸에 덕지덕지 붙은 풀잎들. 둘 다 꼴이 말이 아니었다. 유림과 해수는 더러워진 옷을 털어내며 콘크리트 신전 안으로 천천히 걸어 들어갔다.

머리 위가 어두워지고 곧 터널이 시작되었다. 터널 안에는 눈이 내리고 있었다. 해수의 어깨 위에 흰 가루가 나풀거렸다.

—누-누-눈이 내려.

유림이 말했다.

—이건 눈이 아냐, 먼지지.

유림이 손바닥에 닿은 가루를 코에 갖다 대어보니 녹슨 냄새가 났다. 저 끝에서 희미한 바람이 불어오는 듯했다.

―우리 지-지금 어디로 가?

유림이 물었지만 해수는 묵묵히 걷기만 했다. 뒤를 돌아봐도 앞쪽과 똑같은 어둠이 도사리고 있었고 불빛은 어디에도 보이지 않았다. 그럼에도 유림이 걸음을 멈추지 않은 건 이 길이 막다른 골목이 아니라 언젠가는 끝이 보일 터널이라 믿었기 때문이다. 계속 걷다 보면 환한 빛을 마주하리라는 작은 희망이 유림의 발걸음을 앞으로 이끌었다.

4

가진 자는 더욱 많이 갖게 될 것이고, 없는 자는 가진 것마저도 빼앗기게 될 것이다. 그건 해수가 벽돌집에서 예배 볼 때부터 좋아하던 성경 구절이었다. 유림이 좋아하는 구절은 달랐다.

―네 시작은 미-미-미-미약했으나 그 끝은 차-차-차-창대하리라!

유림이 유독 심하게 그 말을 더듬을 때마다 해수는 말했다.

―그건 네가 믿는 그런 말이 아니야. 그냥 널 속이는 말이지. 내 말이 맞는다는 걸 너도 곧 알게 될걸?

　해수의 말이 옳다는 걸 깨닫기까지는 그리 오래 걸리지 않았다. 그 사실을 유림에게 모욕적으로 일깨워준 사람은 다름 아닌 랄로였다. 랄로가 소개해준 일자리의 사장들, 그리고 함께 일하던 다른 아르바이트생들까지 모두 랄로와 한패였다. 랄로에게 소개받은 일자리에서 유림은 성실하게 일했지만, 일을 하면 할수록 그나마 가진 것들마저 빼앗기는 기분이었다.

　평일 정오부터 유림은 쇼핑몰 식당가에 있는 작은 카페에서 일했다. 단골보다는 시간 때우려는 뜨내기손님들로 북적이는 카페였다. 유림은 거기서 랄로가 소개한 치아 교정기를 낀 스무 살 여자애와 함께 일했다. 여자애가 커피를 내리고 유림은 서빙부터 설거지, 청소까지 도맡았다. 하루 아홉 시간을 일했지만 시급은 여자애의 절반에 불과했고 식대는 따로 없었다. 저녁 식사 대신 여자애가 만들어주는 딸기 셰이크를 카운터 아래 숨어서 홀짝대는 게 전부였다. 카페 사장은 길 건너 지하철역에서 약국을 하는 오십대 여자 약사였는데, 밤늦게 카페에 와서 매출만 확인할 뿐 나머지는 여자애가 알아서 했다.

밤 9시에 카페 일이 끝나면 유림은 곧바로 지하철역 부근의 지하 피시방으로 향했다. 그곳 역시 랄로가 소개한 자리였다. 머리숱이 없고 팔뚝에 잉어 문신을 한 사십대 남자가 사장이었는데, 아침에 운동복 차림으로 와서 하루 매출을 맞춰보곤 했다. 카페 사장과 같은 식이었지만 더 깐깐한 쪽은 피시방 사장이었다. 정산을 하다가 만 원 이하로 틀리면 통과, 만 원 이상 틀리면 아르바이트생들을 벽에 세워놓고 이마에 딱밤을 때렸다. 돈을 토해내라 하지는 않았지만, 차라리 그러는 편이 나을 것만 같았다. 그렇게 일하다 아침 8시가 되면 유림은 맨션으로 돌아와 곯아떨어졌고, 네 시간도 채 못 자고 다시 카페에 나가기를 반복했다.

주말에는 은행 본부 건물에서 결혼식 도우미로 일했다. 은행 사무실과 예식장 사이의 통로를 지키고 서서 하객들을 돌려보내는 일이었다. 유림은 가만히 서 있다가 사람들이 길을 잘못 들었을 때 이런 말만 하면 됐다.

—저쪽이 시-식장입니다. 가-감사합니다.

결혼식장에서 세 시간 일하고 받는 7만 원은 카페나 피시방에서 하루 꼬박 일하고 받는 액수보다 컸지만, 그 돈은 랄로가 수수료 명목으로 고스란히 가져갔다.

유림이 카페와 피시방에서 잘린 건 3개월쯤 지나서였

다. 매출 정산이 맞지 않는다는 이유였다. 카페는 2만 원이, 피시방은 4만 5000원이 비어 있었다. 사장들은 무표정하게 매출을 맞춰보더니 같은 표정으로 유림을 노려보았다. 내가 물어내라고 할 정도로 야박한 사람은 아니다. 그러니 조용히 나가. 대신 그동안 일한 급여는 못 준다. 신고하려면 하든가, 마음대로 해.

유림은 억울했지만 입 밖에 나온 말은 고작 이것뿐이었다. 내가 안 그랬어요. 손님이 커피를 엎질러서 화장실에 대걸레를 가지러 갔을 때 교정기 낀 여자애가 계산을 받았다고 말하지 못했다. 담배 심부름을 나갔을 때 전 타임 근무자가 포스기를 만졌다고 말하지 못했다. CCTV를 돌려보자고도 하지 않았다. 어차피 희생양이 필요한 듯했다. 유림은 벽돌집에서 그랬듯 고개를 수그리고 회개할 준비를 했다. 그건 유림이 제일 잘하는 일이었다. 내가 잘못했나? 정말 내 잘못인가? 그런 것 같아. 그러지 않을 수가 없지. 유림은 벽돌집을 나와 하루에 스무 시간을 일했지만, 그 끝이 창대하기는커녕 해수의 말대로 무언가에 속는 기분이었다. 사장들과 아이들이 모두 랄로와 한통속이라는 걸 알았을 때 이미 유림의 손에는 아무것도 남아 있지 않았다.

5

 콘크리트 신전 안에는 산이 있었다. 우뚝 솟은 산이 아니라 움푹 들어간 산, 위로 올라가는 산이 아니라 아래로 내려가는 산이었다. 뒷동산 하나쯤은 통째로 들어갈 크기의 방추형 구멍이 바닥에 뚫려 있었고, 유림과 해수는 거대한 나사 구멍 속을 빙글빙글 돌 듯이 아래로 걸어 내려갔다.
 1차선 도로만 한 길에 사람들이 가득했다. 거리나 시장에서 흔히 볼 법한 표정과 차림새로, 오래된 묵계를 따르듯 조용히, 빠르지도 느리지도 않게, 일정한 속도로 한 방향을 향해 걷는 중이었다. 앞이 막혀 더 빨리 갈 수도, 뒤에서 밀어 더 느리게 갈 수도 없었다. 한번 대오에 끼면 속도를 맞춰 앞으로 계속 나아가는 수밖에. 경사진 바닥에 난간이 있었지만, 계속 발끝에 힘을 주고 걸어 내려가야 했다.
 유림과 해수가 대오에 끼었을 때 사람들은 눈길조차 주지 않았다. 말을 걸어도 대답하지 않았다. 그들은 걸으면서 자고, 자면서 걸었다. 닿을 듯 말 듯 최소한의 간격을 유지하면서 어깨를 부딪칠 때마다 질서를 무너뜨리지 않으려 애썼다. 한 사람이 넘어지면 같이 쓰러질 것만 같았다. 길 폭이 좁아질 때마다 그들은 잠꼬대하듯 중얼거렸다.

―조심해, 넘어질라.

걷는 속도가 늦춰져 앞 사람 등에 부딪힐 때도 그랬다.

―조심해, 넘어질라.

그들은 서로를 보지 않는 척하며 눈치를 살폈다. 수렁 안에 함께 있다는 착각이 그들을 위로했다. 그들은 주위를 힐끗 돌아보곤 다시 앞을 보며 걷는 속도를 맞췄다.

나선을 두 바퀴 돌아 내려갔을 때 유림의 이마에 물방울이 뚝 떨어졌다.

―비-비가 오나 봐.

유림의 말소리가 지하 암벽에 반사되어 울렸다.

―벽을 타고 물이 떨어지는 거야.

해수가 암벽을 짚은 손을 유림에게 내밀었다. 물이 흘러내려 어둠 속에서도 벽은 번들번들했고, 아래로 내려갈수록 바람이 차가워졌다.

끝이 보이지 않는 나선 속에서 유림은 점점 두려웠다. 어디까지 내려가야 하는지도 모른 채 끝없이 아래로 떨어질 때, 그보다 더 큰 두려움은 없었다. 지하 밑에 지하가, 그 밑에는 또 다른 지하가, 어디가 막히고 어디가 뚫렸는지 알 수 없는 개미굴처럼 이어져 있었다. 앞으로 걸을수록 모르는 곳으로 끌려가는 듯한 두려움, 안으로 들어가면 다시는 빠져나오지 못할 것 같은 두려움, 저 땅 밑 어딘가에서 영원히 빙글빙글 돌 것 같은 두려움이 차례로 밀려와 유림을 짓눌렀다.

*

 나선 끝에 이르자 탁 트인 지하 광장이 펼쳐졌다. 그럼에도 사람들은 여전히 대오를 유지한 채 걸었다. 광장 중앙에는 원형 회전교차로가 있었고, 무리는 그곳을 돌아 두 갈래로 갈라지며 더 깊은 굴 안쪽으로 향했다.
 회전교차로 가운데에는 거대한 조형물이 세워져 있었다. 여러 사람이 엉켜 있는 군상 조형물. 누군가는 떠받치고, 누군가는 밀면서, 위로 올라가는 자세를 취했다. 올라가려고 아우성치는 사람들 발아래에는 또 다른 사람들이 깔렸다. 그들은 서로 머리를 움켜쥐고 있었다. 밀치고 있었다. 그들은 사이에 껴 있었고, 선 채로 죽어 있었다. 돌로 만든 조각들이 일그러진 표정으로 고통스럽게 웃고 울고 있었다. 마치 지옥에서 탈출하려다 그대로 굳어버린 사람들처럼.
 갈라진 길로 가지 않고 조형물을 도는 사람은 유림과 해수만이 아니었다. 많은 사람이 두 갈래 길로 나아갔지만, 적지 않은 이가 조형물 곁을 떠나지 않고 맴돌았다. 묵묵히 고개를 숙이고, 맨발에 피를 묻힌 채.

─왜-왜, 여길 응? 계속 도는 거지?

유림이 물었다.

─저들은 지금 애도하는 거야.

─누-누-누구를?

─자기 자신을.

조형물을 도는 자들은 아무 말도 하지 않았다. 유림과 해수는 침묵했고, 애도에는 말이 필요 없었다. 그들은 말없이 그 곁을 함께 걸었다.

그러다 해수가 걸음을 멈췄고, 유림도 함께 멈춰 섰다. 뒤따르던 무리는 둘을 피해 흘러갔다. 해수는 조형물 쪽으로 고개를 틀며 물었다.

─무슨 노랫소리 안 들려?

귀를 기울이자 해수의 말대로 어디선가 노랫소리가 들려왔다.

너희 다 가나
다 같이 가지
어디로 가나

굴댕이 보러 가지

희미하지만 익숙한 노래였다.

어떻게 가나
황천을 건너서
명도를 걸어서 가지
묘지를 넘어서
망산을 올라서 가지

가인의 땅에 막 도착했던 그날, 물 건너의 아이들이 부르던 노래였다. 유림과 해수는 눈을 동그랗게 뜨고 서로 마주 보았다.

힘들어도 어쩌겠나
눈물 나도 어쩌겠나
애들이 가자는데 어쩌겠나

조형물 안쪽 어딘가에서 유림과 해수를 부르듯 노랫소리가 들려오고 있었다.

6

 업소라고 했던가, 업장이라고 했던가. 유림이 그 말을 처음 들은 건 철거 작업으로 쿠바맨션 일대가 소란해진 무렵이었다. 검은 포클레인들이 착암기를 단 팔을 휘두르며 건물에 올라탔고, 그 아래로 호스에서 뿜어져 나오는 물줄기가 뽀얗게 피어올랐다. 누런 장막이 올라갔다가 내려올 때마다 연립주택 한 채씩 사라지는 마술 같은 광경이 펼쳐졌다. 한쪽에는 여전히 사람들이 사는데 다른 쪽에서는 철거가 막 시작된 참이었다.

 그 무렵, 쿠바맨션에는 새로운 난민들이 들어오고 있었다. 몇억씩 빚을 내 투자했다가 실패한 사람들이었다. 그중에는 이혼한 사람도 있었고, 집을 잃은 사람, 사채를 끌어다 쓴 사람도 있었다. 비트코인으로 35억 원의 빚을 졌던 쉰 살의 신 부장. 이듬해 아내가 비관 자살했고, 그다음 해에는 스스로 목숨을 끊으려다 실패했다. 배달 일을 마치면 그날 번 돈을 로또와 토토에 다 쏟아붓는 민호, 이혼 후 겨우 받아낸 아파트마저 경매로 빼앗긴 나탈리까지. 죽지 못해 떠밀리듯 도착한 사람들이 방 안에서, 복도에서, 옥상에서 악다구니를 쏟아냈다.

—나는 돈 다 뺏겼어. 공무원 생활 32년 차에, 앵벌이도 안 되고, 100원도 없어!

높이 올랐던 만큼 떨어지는 속도는 더 빨랐고, 한번 떨어지면 다시는 올라설 수 없었다. 쿠바맨션은 도시 한가운데 뚫린 낭떠러지였다.

—진짜 강남 아파트 살 돈만 벌고 손 떼려고 했다니까. 거기 아파트가 30억 원인가 할 때 20억 원까진 벌었거든. 야, 좀만 더 하면 되겠다 싶어서 코인 풀매수 들어간 거지. 그때 진짜 좀만 더 신중했으면, 아니 집중했으면 지금 내가 여기서 이러고 있겠냐고.

맨션이 점점 난민들의 악다구니로 가득 차는 동안 그 앞 공터에는 못 보던 차들이 나타났다. 벤츠, 포르쉐, 페라리. 처음에 유림은 랄로의 차인 줄 알았다. 랄로가 휘파람을 불며 노란 차 문을 여는 모습을 보았기 때문이다. 하지만 그 차들은 방문객의 것이었고, 랄로는 그들에게 키를 받아 주차를 대신해줄 뿐이었다. 골프복을 곱게 차려입은 남녀가 한밤중에 자다가 불려 나온 사람들처럼 주민들 옆을 멍한 표정으로 스쳐 지나갔다. 그들은 이런 데 업장이 있다고? 기가 막히는군, 하고 중얼대다가 벽 안쪽으로 유령처럼 사라졌다.

해수가 도박에 손을 댄 것도 그 무렵이었다. 처음엔 랄로가 맨션 주민들과 함께 계를 한다며 축구토토 이야기를 꺼냈다. 당시 1등 상금이 17억 원까지 이월됐다고 했던가. 주민 열 명이 30만 원씩 갹출해 전력이 확실한 팀에 단체로 배팅했지만 결과는 3등. 예측이 쉬운 게임이었던 탓에 전국에서 당첨자가 쏟아졌고, 상금을 나누고 나니 각자 돌아온 금액은 투자금에도 못 미쳤다고 랄로는 푸념했다.

―아니, 이번엔 이변도 없이 실력대로 결과가 나온 거야. 그러면 아무나 맞출 수 있잖아! 차라리 배 째고 지를 걸 그랬다니까!

랄로는 투덜대며 프로토 슬립을 유림과 해수 앞에 내밀었다.

―너네 이런 거 해본 적 있어? 그냥 느낌이 오는 걸로 골라봐. 맞추면 반씩 나누는 거고.

유림이 망설이는 사이 해수가 슬립을 낚아채 네 게임을 찍었다.

일주일 뒤 놀랍게도 그 배팅은 적중했다.

―역시 넌 돈복이 있다니까. 내가 보는 눈은 있어.

랄로는 약속대로 딴 돈의 절반을 해수와 유림에게 나눠줬다. 100만 원이 조금 안 되는 돈이었다. 1분 만에 사인펜을 끄적여서 번 돈이 한 달을 꼬박 일해서 번 돈보다 많다니. 그 일 이후, 유림이 아르바이트를 나갈 때마다 해수는 랄로와 어울렸다.

유림이 아르바이트에서 잘리고 울면서 돌아왔던 그날, 해수는 5만 원짜리 지폐 뭉치를 꺼내 보이며 말했다.

―우리도 이제 본격적으로 투자를 해볼까 봐.

―너 투-투-투자가 뭔지는 알아?

―돈으로 돈 먹는 거지. 랄로가 그랬어. 내가 뭘 하는지 알고 하면 투자고, 뭘 하는지 모르고 하면 도박이라고.

해수의 눈은 이미 먼 곳을 향해 있었다.

―이대로는 안 돼. 우리도 가야 해.

―어-어딜?

―업장. 여기 쿠바맨션에 있대. 랄로가 우릴 도와주겠다고 했어.

그제야 유림은 해수가 하고 싶은 말이 뭔지 알아차렸다. 비밀리에, 라고는 하지만 알 만한 사람은 다 알았다. 비싼 차를 탄 사람들이 업장에 가려고 쿠바맨션에 온다는 걸. 해수는 그들처럼 업장에 가겠다고 말하는 것이었다.

―딱 두 배, 두 배만 만들고 바로 여길 뜨는 거야! 어때?

그 말을 하며 해수는 알 수 없는 웃음을 지었다. 그 얼굴을 본 순간 유림은 아찔해졌다. 해수의 눈빛이 페라리를 사 겠다고 으름장을 놓던 랄로의 그것과 똑같았기 때문이다.

7

 노랫소리는 조형물 아래에서 들려왔다. 군중에 짓밟혀 비명을 지르는 조각 안쪽, 동물의 굴처럼 생긴 구멍이 그 의뭉스러운 아가리를 벌리고 있었다.
 ―들어갈 수 있겠는데?
 구멍 가까이 다가가는 해수를 유림이 붙잡았다.
 ―왜? 안 돼?
 ―아-안에 뭐가 있는지 모-모르잖아.
 해수는 조형물 주위를 빙글빙글 도는 사람들을 쳐다보며 말했다.
 ―그러면 어떻게 할 건데?
 유림이 대꾸하지 않자 해수가 다시 말했다.
 ―저 안에 나가는 길이 있을지도 몰라.
 그러나 유림의 생각은 달랐다. 구멍으로 들어가면 더 아래로 내려갈 것 같았고, 나갈 길도 없을 듯했다. 그렇다고 다른 대안이 있는 것도 아니었기에 망설일 수밖에 없었다. 그런 유림에게 해수의 이런 말은 대범하다 못해 무모하게 들렸다.

―저 노랫소리, 그냥 따라가보자. 누가 부르는진 몰라도 저 바깥보단 낫겠지.

유림과 해수는 무릎을 꿇고 구멍 속으로 기어 들어갔다. 돌바닥에 무릎이 쓸려 욱신거릴 즈음, 바깥과는 전혀 다른 공간이 나왔다. 반구형 천장 아래 널찍한 통로가 있었다. 통로 가운데에는 흑백 타일이 체스판처럼 반듯하게 깔려 있었고, 양쪽 수로에는 남색 자갈과 맑은 물이 채워져 있었다. 물가에 핀 야광 꽃, 아코디언처럼 접히는 붉은 접등, 그 안에서 은은하게 빛나는 촛불. 굴 안쪽에 펼쳐진 처음 보는 광경에 해수의 목소리가 높아졌다.

―야, 여긴 작은 지하 궁전 같은데?

두리번거리며 걷다 보니 통로 끝에 흰 벽이 있었다. 처음에 그것은 유림에게 완벽한 흰 벽처럼 보였다.

―이건 벽이 아니야.

해수는 조심스럽게 안쪽으로 발을 디밀었다.

―봐, 그냥 뚫린 공간이지? 저쪽이 밝아서 이쪽에선 흰 벽처럼 보이는 거야.

―아-안 가면 안 돼?

유림이 해수의 팔을 붙잡았지만 이미 해수의 발이 흰 공간 쪽으로 넘어가고 난 뒤였다. 유림도 같이 딸려 들어갔다. 벽을 통과하는 듯해 유림은 눈을 질끈 감았다.

그곳은 방금 지나온 통로와 전혀 달랐다. 거기엔 흑백 타일도, 야광 꽃도, 붉은 접등도 없었다. 천장도, 바닥도, 주위의 벽도 온통 흰 공간이었다. 지독한 안개가 낀 것처럼 눈앞이 온통 희었다.

흰 통로 끝으로 더듬더듬 걸어가니 이번에는 검은 벽이 나왔다. 이번엔 건너편에 조금의 빛도 없어서 그렇게 보이는 것이었다. 해수가 다시 발을 내디디려고 하자 유림이 더 크게 말했다.

―아-안 갈래. 안 가고 싶다니까!

그러나 이번에도 해수는 멈추지 않고 어둠 속으로 들어갔다. 그곳에는 한 줄기 빛도 없었다. 바닥과 벽, 경계도 구분되지 않았다. 오직 어둠, 그리고 그 어둠을 마주한 자신뿐이었다.

―괜찮아. 꼭 불 꺼진 방 같잖아.

해수는 유림을 안심시키려 했다.

―저-저 안에 뭐가 있을지 어-어떻게 알아? 낭떠러지

면 어-어떡해?

―자, 걱정 말고 내 손 잡아.

해수가 손을 더듬어 유림을 붙잡았고, 유림도 그 손을 꼭 잡았다. 손을 맞잡자 눈앞의 어둠이 한 발 뒤로 물러나듯 그들의 몸을 이끌었다.

―날 믿어. 우릴 막은 벽은 곧 사라질 거야.

그 말이 해수의 목소리였는지 아니면 어둠의 속삭임이었는지 유림은 알 수 없었다.

8

업장은 쿠바맨션 412호에 있었다. 정확히 말하자면 그곳은 양쪽의 벽을 터서 411호와 413호까지 합친 공간이었다. 철문을 열고 들어가면 안쪽에 넓은 공간이 나왔다. 뿌연 담배 연기 너머로, 너덜거리는 벽지와 콘크리트가 그대로 드러나 꼭 폭격을 맞은 전쟁터 같았다.

412호 거실은 업장의 대기실이었다. 에메랄드색 소파에 국방색 러닝을 입은 털보가 담배를 뻑뻑 피우며 휴대전화를 보고 있었고, 동네 병원 카운터처럼 생긴 곳에서는 랄로가 전화를 받고 있었다.

―거긴 네가 좀 처리해. 그래, 네가 가.

랄로는 통화를 끝내기가 무섭게 어딘가로 메시지를 보내고, 또다시 전화를 받았다.

―못 찾겠어? 이제 와 무슨 소리래? 사장이 알면 우리 다 죽어.

그 전화까지 끊고 나서야 랄로는 유림과 해수를 보며 표정을 바꿨다.

―선수 입장하셨네.

수없이 그 말을 해본 사람처럼 랄로는 익숙하게 말했다.

―지금 카드 테이블은 만땅이고. 당장 하고 싶으면 왼쪽으로 가. 저번에 해봐서 알지?

랄로는 쓴웃음을 지었다.

―돈은 가져왔어? 전쟁터에서는 총알이 필요한 거 알지?

해수와 유림은 가져온 5만 원짜리 뭉치를 건넸다. 랄로는 지폐 계수기로 액수를 확인한 뒤 컴퓨터의 키보드를 몇 번 클릭했다. 유림과 해수가 그 자리에 가만히 서 있자 랄로가 말했다.

―더 필요한 거 있어?

해수는 고개를 저었다.

―일단 한번 둘러볼게.

해수는 유림을 끌고 413호 쪽으로 갔다. 거실과 두 방에 테이블 세 개가 있는데, 테이블마다 자리가 꽉 차서 사람들이 선 채로 주위를 둘러싸고 있었다. 모두 비싼 차를 타고 온 방문객들이었다. 그들은 말없이 맞은편의 벗겨진 시멘트 벽만 노려보고 있었다.

벽에는 대형 모니터가 반을 차지하고 있었고, 화면 속에는 가상의 카드 두 장의 뒷면이 떠 있었다. 카드 위로 'BETTING START!'라는 황금색 글자가 뜨자 테이블에 앉은 사람들의 손이 바빠졌다. 그들은 제 앞에 놓인 태블릿PC의 화면을 눌러댔다. 그들의 손이 바삐 움직일수록 대형 모니터 오른편 위에 뜬 여덟 자리 숫자도 점점 빨리 올라갔다.

화면에 'NO MORE BET!'라는 글자가 떴다. 5부터 카운트가 시작되더니 곧 화면 속 카드 두 장이 스르륵 뒤집혔다. 스페이스 10과 다이아몬드 7. 'BANKER WIN!'이라는 결과가 나오자 사람들이 소란해졌다. 누군가는 신음을 흘리며 테이블을 내리쳤고, 누군가는 환호를 지르며 손뼉을 쳤다.

―나-나, 여기 있기 시-싫어.

유림은 해수를 잡아끌었다.

―네 스타일이 아니란 말이지?

유림과 해수는 그곳을 나와 건너편 411호 쪽으로 갔다. 거기에도 테이블 세 개가 있었는데, 랄로의 말대로 카드 테이블보다는 한적했고 빈자리도 있었다. 해수가 거기에 앉으려 하자 유림이 물었다.

—어-어-어쩌려고. 너 이거 해-해봤어?

—해봤지.

해수는 예전에 했던 말을 되풀이했다.

—딱 두 배만 딸게. 그리고 진짜 그만할게.

둘은 큰방 테이블에 앉았다. 태블릿PC 화면에는 제로와 더블 제로, 1부터 36까지 쓰인 베팅판이 떠 있었다. 그들은 화면을 터치해 분홍색부터 파란색까지 각양각색의 칩을 어지럽게 쌓았다. 맞은편 벽의 대형 모니터엔 룰렛이 빠르르르 소리를 내며 돌아가는 중이었다. 모두 실제가 아닌 가상의 룰렛과 구슬이었다.

태블릿PC에 아이디와 암호를 넣자 새로운 베팅판이 떴다. 해수가 능숙하게 버튼을 눌러 자기 아이디에 등록된 캐시를 칩 마흔 개로 바꾸니 경쾌한 효과음과 함께 화면에 칩이 쌓였다.

—내 생일이 4월 17일이거든? 일단 17.

해수는 세로로 길쭉한 베팅판의 숫자 17과 그 주위 숫자인 14, 16, 18, 20의 경계선을 십자 모양으로 터치해서 칩을 하나씩 쌓았다. 스핀하던 화면 속 룰렛이 멈추고 오른쪽 아래 작은 네모 칸 안에 숫자가 떴다.

17이었다.

흰 구슬이 룰렛 17의 칸에 들어갔다.

─오-오-오, 마-맞았잖아!

첫판에서 둘은 숫자를 맞춰 35배, 경계를 맞춰 17 곱하기 4인 68배, 총 103배를 벌었다.

다음 판에 해수는 숫자 4와 그 주위에 베팅했고, 놀랍게도 4가 나왔다.

─또-또-또 맞았어!

흥분한 유림의 입에서 탄성이 튀어나오자

─우리가 지금 잘하고 있는 거 맞아요?

해수가 테이블 앞에 서 있는 검은색 아디다스 추리닝에게 자랑하듯 물었다.

─야, 너희 완전 빙고인데!

그는 들뜬 목소리로 말했다.

해수는 팁 버튼을 눌러 그에게 칩 하나를 보냈다. 너희 완전 빙고인데. 유림은 남자가 한 말을 따라 해보았다. 그러자 지금까지 품어왔던 경계심이 감쪽같이 사라졌다.

해수가 유림의 귓가에 속삭였다.

—봐, 랄로가 우릴 도와준다고 했지?

랄로의 덕이었는지, 그저 운이었는지는 알 수 없었다. 하지만 두 번의 적중에 도취된 둘은, 흰 구슬이 그리는 가상의 궤적에 달콤한 눈빛으로 빠져들고 말았다.

9

흰빛과 검은빛으로 가득한 통로를 차례로 지나자 황금빛 굴이 나왔다. 물기가 묻은 암벽 사이에 노란 접등이 박혀 있어 굴 전체가 누렇게 번들거리며 빛났다.

접등 아래, 유림과 해수보다 어려 보이는 아이가 서 있었다. 코밑에 거뭇한 잔털이 났고 얼굴은 통통해 보였는데, 살이 쪄서라기보다 잠을 많이 자서 부은 듯한 얼굴이었다. 헐렁한 회색 바지에 흰 셔츠, 남색 재킷을 입고 목에는 생각할 고(考) 자가 새겨진 링을 건 채로. 까무잡잡한 피부에 길게 찢어진 눈을 빙글거리며 웃는데, 아무렇게나 위로 뻗친 곱슬머리가 유독 눈에 띄었다.

해수가 속삭였다.

―쟤는 중학생 아냐?

―조-조용히 해.

―궁댕인가 굴댕인가 개 아냐? 노래에 나오던.

해수가 키득대도 유림은 웃지 않았다. 아이의 자세가 이상하다 못해 괴이했기 때문이다. 아이는 양쪽 발뒤꿈치를 들고 선 채 왼팔은 허리께에 붙이고 오른팔은 수평으로 쭉 뻗어 몸의 균형을 잡고 있었다. 엄지부터 중지까지 세 손가락만 편 채로.

―나랑 놀래?

아이가 입을 열었다. 짧은 말이었는데 오래 연주하지 않아 고장 난 악기처럼 목소리가 갈라졌다. 해수의 말대로 중학생, 그러니까 변성기가 막 시작된 사내아이의 목소리였다.

―혹시 네 이름이 굴댕이야?

해수가 묻자 아이는 미소를 지으며 손가락 하나를 접었다.

―굴댕이는 이름이 아니라, 굴에서 태어나 굴에서 자라난 아이를 부르는 말이야. 어둠과 침묵 속에서 태어나는 아이들을 모두 굴댕이라고 부르지. 그러니까 난 굴댕이지만, 내 이름은 굴댕이가 아니야.

그 말은 어조가 일정하고 도중에 호흡이 끊기지 않아서 기계음처럼 들렸다. 해수는 유림을 보며 나직이 물었다.

—그래서 지금 자기가 굴댕이라는 거야, 아니라는 거야?
—구-굴댕이는 맞는데, 지-지-진짜 이름은 따로 있다는 거 아닐까?

해수가 다시 아이를 보며 물었다.

—그럼 저 밖에 걷는 사람들은 뭔데?
—죽기 전에 먼저 죽은 자들.

이번에도 굴댕이는 손가락을 하나 접었다.

—길을 잃은 자들이야. 자기가 죽었다는 것도 모르고 계속 걷는 사람들. 살길을 스스로 포기해놓고, 그걸 인정하기 싫어서 자신을 속이고, 그 거짓말 때문에 마음 깊이 죄책감을 느끼고, 결국 그런 자신을 수치스러워해. 그 수치심은 죽음과도 같아서, 죽기 전에 먼저 죽은 자들이라 하는 거야. 그런 자들은 세상에 아주 많아. 그래서 저 행렬이 끊이지 않는 거지.

이번에도 굴댕이는 준비한 듯이 답을 죽 읊어댔다. 그 말을 들으면서 유림은 굴댕이가 질문에 답할 때마다 손가락을 접는다는 것을 알아챘다. 처음에는 세 손가락을 펴고 있었는데 엄지, 검지를 차례로 접더니 이제는 중지만 남아 있었다. 혹시…… 질문의 기회가 하나 남았다는 뜻일까? 유림은 긴장된 눈으로 그 손끝을 바라봤다.

─넌 참 아는 게 많네. 그런데 왜…….

유림이 급히 막으려 했지만 해수의 말이 먼저 튀어 나가 버렸다.

─……그런 이상한 자세로 서 있니?

유림은 다급하게 해수에게 말했다.

─저-저 손가락을 봐. 아까 손가락이 세-세 개였는데 지-지금은 하나야. 우리가 질문할 때마다 하-하-하나씩 줄고 있어. 그러니까 지-지금, 질문하면 안 돼.

굴댕이는 유림의 말이 끝나길 침착하게 기다렸다가 입을 열었다.

─나는…… 이 땅에 발을 붙일 수도 없고, 이 땅을 떠날 수도 없는 존재야. 그래서 이렇게 서 있는 거지.

굴댕이가 마지막 중지마저 접자 유림은 머리를 감싸 쥐었다. 유림의 추측이 맞는다면, 질문할 기회를 이미 다 써버린 게 아닌가. 굴댕이는 아랑곳하지 않고 말을 이었다.

─자, 질문이 다 끝났으면, 이제 나랑 놀래?

10

　게임은 확률보다 기세와 흐름이 중요하다는 해수의 말이 옳았다. 잘나가던 흐름이 꺾인 건 랄로가 끼어든 순간부터였다.

　—어때? 좀 따고 있어?

　랄로가 유림의 어깨를 짚었다.

　—봐, 우리가 얼마나 땄는지.

　해수는 태블릿PC를 손가락으로 툭툭 두드렸다.

　—10만 원 칩 두 개만 토스해봐. 내 아이디 알지?

　랄로가 빈자리에 앉아 태블릿PC를 켰고, 해수는 칩 두 개를 전송했다. 그리고 그게 실수였다는 걸 곧 알게 됐다. 그때부터 흐름이 깨졌다. 랄로가 10만 원짜리 칩 두 개를 30분 만에 날린 뒤 같이 밥을 먹으러 나가자고 해서 유림과 해수는 잠시 자리를 비웠다. 그런데 다시 돌아온 뒤부터 판세가 기울기 시작했다. 랄로가 건넛방 룰렛 테이블에 가서 해보자며 부추겼고, 해수는 그 판에 끼어들어 100만 원어치 칩을 내리 잃었다. 오전 내내 벌어들인 칩들이 가상의 구멍 속으로 허무하게 사라지자 돈을 꽉 움켜쥐겠다는 의지마저 무뎌졌고, 머잖아 결판이 나고 말 거라는 두려움까지 밀려왔다. 너희 완전 빙고인데, 따위의 추임새는 쑥 들어간 지 오래였다.

*

옆자리에 앉았던 중년 여자가 말을 걸어온 건, 해수가 돈을 뽑으러 나간 뒤 유림 혼자서 자리를 지키고 있을 때였다. 나이키 티에 땡땡이 냉장고 바지를 입은 여자였다. 그는 굵은 옥가락지를 낀 손가락으로 태블릿PC 화면을 툭툭 두드리며 중얼거렸다.

―멀리까지 안 가도 된다 해서 왔는데 손맛도 없고, 이게 뭐야. 폰으로 하는 게 낫겠네.

그러고는 유림을 힐끔 보며 말했다.

―그러다 화병 걸려. 울(鬱)이라는 게 몸 안에서 돌아다니다가 간에 붙으면 간병 나고, 위에 붙으면 위병 나는 거다. 그렇게 사지가 아작 나는 거지. 반이라도 살리고 싶으면 지금이라도 손 털고 나가.

유림이 두리번거리자 그는 유림을 콕 집어 말했다.

―너 말이야, 너. 누가 얘기하면 그냥 내 얘기겠거니, 하고 들어.

―저-저-저요?

―그래, 너. 너도 그렇고 네가 달고 다니는 애도 그래.

―해-해수요?

―새파란 것들이 여기서 뭘 얻어먹겠다고 왔대, 부정 타게.

유림이 우물쭈물하자 그는 더욱 기세등등해졌다.

―저번에도 어린놈들이 와서 싹 털리고 가더니, 이렇게 겜장 관리가 안 되나. 너 나이가 어떻게 돼?

유림은 중년 여자 쪽은 아예 쳐다보지도 않고 거실로 통하는 문 쪽만 바라보았다. 해수가 어서 와주길 바라면서.

―얘, 내 말 안 들리니? 너 몇 살이냐니까. 아냐, 생일만 대. 아무리 반편이라도 자기 생일은 알겠지.

중년 여자가 마치 한 대 때릴 듯이 사납게 눈을 치켜뜨는 통에 유림은 말해주지 않을 수가 없었다. 그는 손가락을 접었다 폈다 셈을 하고 툭 뱉었다.

―형제가 많구나.

―아-아닌데요. 저, 호-혼자인데요.

―그럼 엄마가 일찍 죽었네. 형제가 없는 걸 보면. 원래 형제가 많은 사주거든. 내 말이 틀리지 않지?

저 말을 어떻게 받아들여야 할까. 벽돌집에서 자라면서 다들 형제라고 생각했으니 아예 틀린 말은 아닌가. 유림이 고개를 끄덕일 때까지 그는 기다렸다가 다음 말을 이었다.

─네 엄마가 너한테 물일 텐데, 이 물을 어디서 가져오냐?

그때 돈을 뽑으러 나갔던 해수가 테이블로 돌아와서 끼어들었다.

─제가 아주 큰 물이죠.

그는 어이없다는 듯 해수를 보았다.

─아주 가버린 줄 알았더니, 또 왔네?

─아직 총알이 남았거든요.

해수가 노려보았지만 중년 여자는 아랑곳하지 않고 말을 이어갔다. 불이 붙은 나무는 물을 잘 써야 한다느니, 운명을 깨고 나아가야 길이 열린다느니……. 유림은 그 말들을 온전히 이해할 수 없었다. 게다가 그가 자리를 뜨며 마지막 남긴 말은 유림을 더욱 혼란스럽게 했다.

─중요한 건 어떤 그릇을 가졌느냐가 아니야. 그 그릇이 완전히 깨졌느냐지. 인간은 제 그릇에 금이 가면 뭔 수를 부려서든 그걸 붙이고 살려 하거든. 다신 붙이지 못하게 완전히 박살을 내야, 그래야 새로 지을 수도 있는 건데 말이야!

II

―이건 파사주(破四柱)라는 게임이야. 회륜(廻輪)은 삶과 죽음의 순환이 담겨 있는 바퀴인데, 이걸 돌려서 맞추는 쪽이 이기는 거지…….

묻지도 않았는데 굴댕이는 게임 설명을 늘어놓으며 조급한 마음을 내비쳤다. 유림은 설명을 들어도 룰이 잘 이해되지 않았는데, 해수는 굴댕이의 말부터 잘랐다.

―파사주고 뭐고. 우리가 왜 이걸 해야 돼? 왜 너랑 놀아줘야 되느냐고.

굴댕이가 키득대며 되물었다.

―그건 질문이 아니지?

유림은 코밑 거뭇한 털을 바르르 떠는 굴댕이를 물끄러미 보았다.

유림 앞에는 거대한 황금색 바퀴가 놓여 있었다. 거기에는 룰렛처럼 한자가 쓰인 예순여섯 개의 칸이 있었는데, 그 중 예순 개의 붉은 칸에는 갑자(甲子)부터 계해(癸亥)까지 육십갑자가, 나머지 여섯 개의 검은 칸에는 황천(黃泉), 명도(冥途), 묘지(墓地), 망산(邙山), 신림(神林), 윤해(輪海)라는 한자가 각각 쓰여 있었다. 열 개씩 묶인 붉은 칸 사이에 검은 칸이 하나씩 낀 모양새였다.

　―그럼 나랑 안 놀아줄 거야?

　굴댕이는 곧 울음을 터뜨릴 것 같은 표정을 짓더니

　―근데 여길 왜 왔어?

　다시 싱글거렸다.

　순간순간 변하는 표정을 보면서, 유림은 굴댕이가 어두운 동굴에서 자란 아이라는 사실을 떠올렸다. 제대로 놀지도 못하고 자라난 아이에게 숙원은 결국 맘껏 노는 일이 아닐까. 그렇다면 저 종잡을 수 없는 행동도 이해되지 않는 건 아니었다. 게다가 이쪽에도 게임이라면 사족을 못 쓰는 사람이 한 명 있지 않은가.

　―게임에 뭐 걸린 게 있어야지. 우리가 지금 이걸 하면 얻는 게 뭔데?

　해수가 말했다.

　―네 말이 맞네. 음, 왜 이걸 하냐면…….

　굴댕이는 잠시 생각하다가 중지 하나를 폈다. 해수가 고개를 갸웃하자 유림이 재빨리 말을 가로챘다.

　―저-저건 질문할 기-기회를 준다는 뜻 같아. 아까 지-질문할 때마다 소-손가락을 접었잖아. 저렇게 손가락을 폈다는 건 그 바-반대인 거지. 내 말이 맞지?

굴댕이가 고개를 끄덕이자 해수가 손뼉을 쳤다. 유림은 다시 잡은 기회를 놓치고 싶지 않았다. 이곳으로 떠나왔을 때부터 가슴속에 품어온 질문이 하나 있었기 때문이다.

―그럼, 하기로 한 거다.

굴댕이는 흡족한 미소를 지으며 소매에서 쇠 종을 꺼냈다. 종소리가 차랑차랑 울려 퍼지자 바닥에서 기다란 돌판 하나가 천천히 올라왔다. 룰렛의 베팅판처럼 돌판에는 가로로 열 개, 세로로 여섯 개씩 나뉜 예순 개의 네모 칸이 반듯하게 그려져 있었고, 그 안에는 회륜과 똑같이 육십갑자가 새겨져 있었다.

―이건 태양의 주기를 나타내는 60진법 달력이야. 회륜이 하늘이라면 이 만세력은 땅이지. 여기서 글자를 고르고, 회륜을 돌려서 같은 글자에 공이 들어가면 이기는 거야.

해수가 물었다.

―야, 근데 내 차례에 네 글자가 나오면?

―그건 안 되지. 자기 차례에 자기가 고른 게 나와야 해.

―끝까지 안 나오면?

―나올 때까지 하는 거지.

―밤새겠네.

―오히려 좋지. 중요한 건 끝내는 게 아니라, 오래 이어

가는 거니까.

둘이서 죽이 척척 맞아 돌아가는 꼴을 보니 유림은 어쩐지 불안했다.

—먼저 골라봐.

굴댕이가 몸을 들썩이며 안달하자 해수는 60진법 달력을 유심히 들여다봤다. 온통 한자투성이라 뭘 골라야 할지 감이 잡히지 않았고, 그건 유림도 마찬가지였다. 그러다 유림은 익숙한 한자를 발견했다. 갑오(甲午). 불타는 나무. 업장에서 만난 무당이 써 준 글자였다. 저걸 골라야 할까. 하지만 무당은 이렇게 말하지 않았던가. 불을 꺼트리지 않고 나무를 키우는 길을 찾으라고. 다시는 붙이지 못하게, 그리하여 새로 지을 수 있게, 너 자신을 완전히 박살을 내라고.

마침내 유림은 결심했다.

—이-이걸로 할게.

유림은 갑오의 정반대 편에 있는 계해, 온통 물로 가득한 한자를 짚었다. 해수가 고개를 끄덕였고, 굴댕이는 주머니에서 조그만 돌멩이 하나를 꺼내 갑오 칸 위에 올려놓았다.

—이건 내가 굴에서 갖고 놀던 공깃돌이야. 기억은 우릴 속이니까, 가장 소중한 걸 만세력 위에 올려놔야 해. 회륜의 흰 공은 우리의 소망에 따라 돌아가거든.

―우린 뭐 없나?

해수가 묻자 유림은 배낭을 풀었다. 꺼낼 것은 하나뿐. 은빛 계란처럼 생긴 R을 두 손으로 감싸 올려놓았다. 은은하게 빛나는 R이 만세력의 계해, 그 위태로운 물 위에 반듯하게 세워졌다.

12

다음 날, 유림과 해수는 눈을 뜨자마자 업장으로 향했다. 어제 앉았던 룰렛 자리에 다시 앉아 흰 구슬을 노려보며 게임에 몰두했다. 오전부터 룰렛의 숫자는 더블 제로에서 시작해 시계 방향으로 돌아가며 나왔다. 해수는 결과를 종이에 옮겨 적고 그 패턴을 분석하며 다음 나올 숫자를 추측했다.

유림과 해수는 힘을 합쳤다. 감이 좋은 해수가 베팅하면 운이 좋은 유림이 결과를 확인한다. 그것이 그날 그들이 세운 전략이었다. 해수가 칩을 터치할 때 유림은 자리에서 일어나 업장 밖으로 나갔다. 그러다 유림이 다시 자리로 돌아오면 해수가 자리를 떴다. 유림은 해수가 베팅하는 모습을 보지 않았고, 해수는 구슬이 멈추는 순간을 보지 않았다. 둘은 지치지도 않고 그런 일을 반복했다.

몇 번의 베팅이 진행되었고, 전날 처음 걸었던 17 주위에 칩을 쌓았을 때 다시 17이 나왔다. 배당은 204배.

—돼-돼-돼-됐어!

자리로 돌아오는 해수가 잘 볼 수 있도록 유림은 양손을 번쩍 치켜들었다. 해수는 테이블로 달려왔다. 딴 돈은 100만 원 남짓, 그날의 절정이자 마지막 승리였다.

유림이 칩을 현금으로 바꾸려고 일어나자 해수가 붙잡았다.

—꼭 그래야 돼?

입에서 나오는 말과 다르게 해수의 눈빛은 제발 바꿔달라고 애원하고 있었다.

—며-몇 개는 남겨둘게.

해수의 마음이 바뀌기 전에 유림은 교환 버튼을 누르고 대기실로 달려갔다. 그러나 카운터에 랄로는 없고, 낯선 덩치 둘이 씩씩대고 있었다. 이 썹새끼가, 돈을 갖고 튀어? 그 새끼 팸 있지? 걔들 싹 다 조져봐. 뭐 나올 때까지. 유림은 그들을 처음 보았고, 그들 역시 유림의 얼굴을 몰랐다. 유림은 잠시 머뭇거리다 결국 돌아섰다.

빈손으로 돌아온 유림을 보고 해수는 화색을 띠었다.

―잘 생각했어. 그래, 시작했으면 끝장을 봐야지.

교환 취소 버튼을 누르려는 해수에게 유림이 말했다.

―라-라-라리, 아니, 랄로가 도망쳤대. 우-우-우리도 어-얼른 여길 나-나가야 해.

그 순간, 긴 잠에서 깨어난 듯한 해수의 눈이 유림에게로 향했다. 그들의 게임은 거기서 끝이 났다.

*

유림과 해수는 업장을 빠져나와 잰걸음으로 쿠바맨션을 벗어났다. 우리가 왜, 우리가 왜, 하고 해수가 숨을 헐떡이며 중얼거렸지만 지나가는 덤프트럭의 경적에 묻혀 뒷말은 들리지 않았다. 쿵쿵 울리는 철거 소리. 유림은 앞만 보고 걸었다. 철거 현장을 통과하자 해수가 물었다.

―우리가 왜 이렇게 된 걸까?

포클레인 위로 물줄기가 쏟아졌고, 건물은 폭포처럼 무너졌다. 그 순간에 유림이 할 말은 하나밖에 없었다.

―나-나-나 때문에 그런 것 같아.

둘은 말없이 잡풀로 뒤덮인 인도를 따라 걸었다. 무너진 건물 사이로 바람이 부는 언덕을 올라갔다. 공사 현장에서 멀어지고 나서야 해수의 말이 또렷이 들렸다.

―너 때문이라고? 그게 무슨 말이야? 지금 우리 꼴을 봐라. 가지 말란 길만 골라 가고 있잖아.

악에 받친 해수의 웃음에 유림은 덜컥 겁이 났다.

―그-그래서 지금 어-어디로 가는 건데?

유림이 해수를 붙잡고 물었다. 그러자 해수는 재개발 공사장 한가운데를 손가락으로 가리켰다.

―저기.

해수가 가리킨 곳엔 정말로 아무것도 없었다. 뽀얗게 먼지가 내려앉은 폐허 속에서 잘게 부서진 콘크리트 조각들만 나뒹굴 뿐이었다.

13

회륜이 돌고 또 돌고 있다. 벌써 서른 번째. 세 시간이 지나도 게임은 끝나지 않았다. 신미(辛未)는 세 번이나 나왔는데 유림이 고른 계해, 굴뎅이가 고른 갑오는 한 번도 나오지 않았다. 어쩌다 흰 공이 근처로 굴러오기라도 하면 셋은 허리를 비틀며 신음을 뱉었다. 지친 유림과 해수는 힘을 슬쩍 뺐지만 굴댕이는 여전히 세차게 바퀴를 돌렸다.

회륜을 돌릴 때마다 만세력에서 칸을 새로 골라야 했다. 굴댕이의 공깃돌은 이리저리 옮겨 다녔지만 R은 처음부터 끝까지 계해 위에 놓여 있었다. 계속 같은 자리를 지키는 게 확률상 유리하다고 믿었기 때문이다.

무엇보다 검은 칸들이 문제였다. 흰 공이 황천이나 명도 같은 검은 칸에 들어가면 멈췄던 회륜이 다시 빠르게 돌아갔다. 때로는 공이 사라졌다가 공중에서 나타나 회륜 안으로 떨어지기도 했고, 검은 칸 밑으로 들어갔다가 다른 붉은 칸에서 튀어나오기도 했다. 검은 칸에 걸릴 때마다 흰 공은 현실도 환상도 아닌 제3의 공간 안에서 물리법칙을 무시하며 움직였다.

굴댕이의 바람대로 게임은 계속됐다. 하도 돌려서 이제 몇 번째인지도 잊었을 즈음, 누가 걸리든 빨리 끝나라고 해수마저 체념했을 즈음, 오로지 유림만이 게임의 결과에 관심이 있던 그때, 흰 공이 이전과는 다른 움직임으로 바퀴 위를 통통 튀며 굴러갔다. 망산에서 높이 튕겨 오른 공은 회륜에서 반 바퀴를 더 돌았다. 경오(庚午)와 정묘(丁卯)를 거쳐 을축(乙丑)에서 빙그르르 돌다가 갑자 칸으로 들어갔다. 아니, 거기 들어갔나 싶었는데 한 번 더 튀어 올라서 바로 옆 칸으로 들어갔다. 그곳은 유림과 해수가 고른 계해였다.

유림과 해수는 소리를 지르며 서로를 얼싸안았다. 굴댕이도 마치 자기가 이긴 듯 기뻐하며 함께 날뛰었다. 게임이 끝났다는 사실에 굴댕이는 잠시 실망했지만, 이내 침울한 얼굴로 중지를 천천히 들어 올렸다.

질문할 기회가 다시 주어진 지금, 유림이 묻고 싶은 건 단 하나였다. 행복하게 사는 법? 부자가 되는 법? 그런 것은 아니었다. 어떻게 하면 이 고통에서 벗어날 수 있나, 그 또한 유림에겐 무의미했다. 유림의 질문은 단순했다. 유림이 가인의 땅으로 떠나온 이유. 처음 도착했을 때 해수가 던진 바로 그 질문이었다.

―죽은 사람을. 살아 돌아오게. 할 수 있어?

유림은 또박또박 물었다. 오래 생각해왔고, 또 가장 하고 싶었던 질문이었다. 굴댕이가 미소를 지었다.

―그거, 쉽지 않네. 삶은 곧 죽음에서 나오니까…….

굴댕이가 눈을 감고 말을 이어갔다.

―흙은 물속으로 가라앉고, 물은 불 속으로 가라앉고, 불은 공기 속으로 가라앉고, 공기는 의식 속으로 가라앉는 게 바로 죽음이야. 그러니 그걸 거꾸로 되돌리면 돼. 의식

속에서 공기가 떠오르고, 공기 속에서 불이 떠오르고, 불 속에서 물이 떠오르고, 물속에서 흙이 떠오르면…….

─야, 물에서 흙이 뭐? 솔직히 너도 모르지?

해수가 비웃었고 유림도 걱정스레 물었다.

─정말 아-알긴 아는 거야?

굴댕이는 한참을 생각하다가 눈을 떴다.

─모르겠다.

─뭐라고!

유림과 해수가 동시에 소리쳤다.

─아니, 답을 모르겠다는 게 아니고 에라 모르겠다고.

굴댕이는 회륜에서 칸 하나를 짚었다. 신림이었다.

─여기로 가. 말로는 아무리 설명해봤자 모를 거야. 네 질문의 답은 직접 깨닫는 수밖에 없어.

─어-어떻게 가-가는데?

─올라가야지, 저 위로!

굴댕이는 동굴의 천장을 가리켰다. 반구 모양으로 볼록 들어간 천장에는 별자리가 그려져 있었고, 그 한가운데로 S 자 모양의 빛줄기가 어둠을 가르며 흐르고 있었다.

굴댕이가 종을 두 번 울리자 회륜이 다시 위로 솟아올랐다. 천장 가운데에 움푹 들어간 홈에 회륜이 맞물리며 회전

했다. 별자리들이 빛나면서 천장이 반으로 갈라졌고, S 자 빛줄기가 굴 안을 환하게 비췄다. 하늘이 몸을 낮춰 빛이 드리운 자리에 계단이 솟아났다. 어둠을 빠져나갈 유일한 통로였다.

굴댕이가 말했다.

—가서 너희 같은 걸 찾아. 딱 보면 알 거야. 온몸에 구멍이 뚫린 신주거든.

숲, 신神림林

I

 나무 그늘에 고여 있던 바람이 숲을 헤치며 불어왔다. 햇빛을 받은 나뭇잎이 은색으로 뒤척였고, 물 아래 그림자들이 바람 부는 쪽으로 주름졌다. 거친 산세가 부드러운 선으로 떨어지는 산기슭, 이끼 낀 돌 사이로 흐르는 시냇물, 그리고…….

—쉿, 조용히 해봐.

 해수의 목소리가 들려왔다.

—들려?

 가까이, 가까이, 가까이, 나뭇잎들이 속삭이며 녹색과 흰색으로 번갈아 빛났다. 들큼한 숲 향기, 서늘한 그림자, 산새는 나무에 매달린 개구리 떼처럼 쿠락쿠락 울어댔다.

—여-여기는 얼마나 마-많은 새가 사는 걸까?

 유림이 물었다.

—들어보면 소리가 달라. 뻐요꼬뻐요꼬는 뻐꾸기, 찌잇

찌잇찍빠는 직박구리, 꾹꾹꾸르르꾹꾹은 멧비둘기야.

―떳띠떳띠…… 떳띠떳은?

―음, 그건 박새?

방금까지도 빛나던 해가 구름에 가리고 빗방울이 후드득 머리 위로 떨어졌다. 비 내리는 숲속은 집요하게 소란하면서도 고요했다. 멀리서 들려오는 파도 소리. 숲은 섬이 되고 나무는 물을 품는다. 참나무에도 복자기나무에도 가지와 줄기를 타고 물이 흘러내렸다. 굵은 나무뿌리가 젖은 땅 위로 튀어나와 발에 차였고, 쓰러진 나무들은 이끼에 덮인 채 흙으로 돌아갈 채비를 갖췄다. 어디선가 긴 비명 같은 새소리가 다시 들려왔다.

숲 가운데로 들어가니 넓고 평평한 공간이 나왔다. 다섯층 돌계단 끝에 신당(神堂)이 자리하고 있었다. 단출한 한 칸짜리 신당에 어울리지 않게 화려한 청기와 맞배지붕이 빗물에 젖어 번들번들했다. 신당을 둘러싼 아홉 그루 신목(神木)은 새끼를 꼬아 만든 금줄에 묶여 서로 연결돼 있었는데, 신당 바로 뒤편의 좌우에 서 있는 두 그루의 나무는 노장군처럼 크고 우람하여 그 둘레가 세 아름이 넘었다. 왼쪽은 느티나무, 오른쪽은 전나무. 아래쪽 줄기는 길게 뻗고 위쪽에만 잔가지가 남아 있어 두 나무는 마치 신전의 커다란 기둥처럼 보였다.

—여긴 그냥 숲이 아니야.

해수가 말했다.

—저들은 우리가 온 걸 이미 알고 있어.

숲이 한 몸처럼 뒤척일 때 청기와 사당은 숲의 심장이었다. 그곳을 둘러싼 아홉 그루의 신목은 숲의 뼈대, 신목들을 연결한 금줄은 몸을 연결하는 핏줄이었다. 숲은 빗속에서 살아 움직이며 인간은 여기에 들어올 수 없다고 말하는 듯했다. 비가 오면 들끓는 날벌레 떼도, 땅 위를 떠다니는 회색 버섯과 아이 팔뚝만 한 부러진 가지들도, 풀숲 위아래로 나풀거리다 연기처럼 사라지는 흰 나비들도 빗속에서 끊임없이 현재화되는 환영이었다. 찰나의 생각과 감정, 꿈의 조각, 깨진 거울 속에서 어른거리는 기억들이 물결처럼 천천히 밀려들었다가 뒤로 물러났고, 다시 출렁이며 되돌아왔다. 신의 숲. 어둠과 침묵 속에서 무성해진 숲의 심연에 유림과 해수는 도착했다. 열매처럼 주렁주렁 나무에 매달린 아이들, 저 이름 모를 풀 아래 묻힌 희끄무레한 것들이 빗물을 머금고, 금줄을 넘어 신당으로 다가가는 유림과 해수를 가만히 지켜보고 있었다.

2

 아이들은 아침부터 복도를 빗질하고 계단을 대걸레질하느라 바빴다. 매달 첫째 주일, 아버지 선생님이 찾아올 때마다 벽돌집에는 비상이 걸렸다. 창문에 먼지 하나 묻지 않게(불가능한 일이었지만 원장의 지시니까) 닦아야 했다. 오전 내내 화장실이 청소 중이어서 아이들은 아랫도리를 움켜잡고 갈지자로 휘청이며 운동장 모래를 쓸었다. 모래가 고르게 정리됐을 즈음, 흰색 리무진이 정문으로 스르륵 들어왔다. 깨끗한 모래 위에 타이어 자국을 줄줄이 남기며 리무진은 벽돌집 입구 앞에 멈춰 섰다. 아이들이 네 줄로 서고, 그 사이에서 원장이 깍듯이 고개를 숙였다. 기사가 차 뒷문을 열자 천천히 땅을 내딛는 황금 고무신이 보였다.

 아이들은 아버지 선생님을 똑바로 쳐다볼 수 없었다. 아버지 선생님은 뭐랄까, 늘 아이들의 상상과는 전혀 다른 존재였다. 생긴 건 작고 비쩍 마른 촌부처럼 볼품없는데 옷은 신선처럼 위아래로 흰 한복을 입고 황금색 고무신을 신었다. 허옇게 분을 바른 얼굴, 코와 턱에서 번들대는 염소수염. 눈은 찢어지고, 코는 몽톡하고, 입은 작았다. 그 볼품없는 모습을 볼 때마다 아이들은 말씀을 떠올렸다. 무언가를 강

렬히 원하면 그 반대의 것이 온다는 것. 희망을 원하면 절망이 찾아오고 부를 원하면 가난이 닥쳐올지어다. 사랑을 갈구하면 할수록 도저히 사랑할 수 없는 사람을 마주하게 될지어다. 아이들 앞에 선 아버지 선생님은 영적 의지의 시험대였다.

—숲으로 가서 뜨거운 피를 마시니, 내 배를 아프게 하지 말라(〈온유한 신〉 1장 1절).

아버지 선생님이 《하나의말씀》을 읽는 목소리에는 위엄이 서려 있었다. 수염 사이로 작은 입을 움직일 때마다 어른도 아이들도 움찔거렸다. 말씀은 하늘에서 내려오는 소리 같았다. 아버지 선생님의 말씀이 곧 하나의말씀이었다. 아이들이 고개를 수그리자 아버지 선생님은 빙긋 웃으며 나긋한 목소리로 말했다.

—너희 시멘트 같은 얼굴로 뭘 하니. 그거 이 아버지 선생님한테 상처 주는 거야. 마음을 열어야 표정이 풀리지.

그리고 아버지 선생님은 표정을 바꿔 다음 구절을 읽어 갔다.

—서니사이드 숲에는 서니사이드 나무가 있다. 그 숲의 나무를 너희 마음대로 베지 말라(〈온유한 신〉 1장 2절).

말씀을 전할 때 아버지 선생님의 얼굴에서는 빛이 났다.

그 광채가 쏟아질 때는 촌스러움 따윈 없었고, 눈빛은 늠름하고 코는 오뚝했다. 손끝과 발끝에서도 빛이 났다. 아버지 선생님은 신처럼, 얼핏 보아도 알아볼 수 있는 성스러운 존재처럼 거기에 있었다.

《하나의말씀》에는 아버지 선생님이 행한 기적들이 전해져 내려왔다. 그 이야기는 《하나의말씀》 속 〈온유한 신〉 2장에서 이렇게 시작한다. 아버지 선생님 앞으로 거동이 불편한 앉은뱅이가 기어가고 있다. 아버지 선생님은 앉은뱅이의 겨드랑이에 두 손을 찔러 넣는다.

—일어서라. 너는 홀로 설 수 있으니 말씀을 향해 걸어라!

이마에 내려앉는 뜨거운 입김. 그러자 놀라운 일이 벌어진다. 이건 대지 위에 홀로 서는 두 발에 대한 이야기다. 앉은뱅이는 벌떡 일어나 눈물을 흘리며 걷는다.

이번에는 선글라스를 쓴 장님이 지팡이를 두드리며 걸어온다. 아버지 선생님은 장님의 손을 덥석 잡으며 말한다.

—눈을 떠라. 너는 앞을 볼 수 있으니 말씀의 기적을 똑똑히 보아라!

곤혹스러운 장님의 표정. 그 이야기를 들으며 유림은 눈을 뜨고 싶은 충동을 느낀다. 이건 진실을 목격하는 두 눈에 대한 이야기다. 아버지 선생님의 거친 두 손을 부여잡고, 그 앞에서 무릎을 꿇고 싶었다. 지금 내 모든 걸 내놓지 않는다면 영원히 날 용서치 말라고 애원하면서.

《하나의말씀》에 나오는 장님이나 앉은뱅이뿐만이 아니다. 아토피 환자가, 중증 당뇨병 환자가, 뇌종양으로 오늘내일하는 환자가, 3년째 의식이 없는 식물인간마저도 아버지 선생님의 손이 닿으면 벌떡 자리에서 일어났다. 아픈 부위를 어루만지고 말씀을 불어넣으면 감쪽같이 나았는데, 정말 감쪽같이라는 말은 이럴 때만 쓸 수 있었다.

벽돌집에 올 때마다 아버지 선생님은 아이들에게도 기적을 행했다. 꼭 어디가 아프지 않아도 상관없었다. 아버지 선생님의 손길은 예방주사와 같은 것이어서 그와 함께 원장실로 들어간 아이들은 축복의 손길을 받아 이 세상과 자기 몸의 각도를 맞출 수 있었다. **내가 만져주면 조금이라도 뚫려, 안 뚫려. 이 아빠가 너희한테 필요해, 안 필요해. 우리 아이들 중에 뭘 몰라가지고, 말씀을 안 믿고 굴러 들어온 복을 걷어차는 어리석은 애들이 있어요.** 말씀대로 이루어지고, 말씀대로 살아간다는 것. 말씀만으로도 다 이루는 아버지 선생님의 모습을 아이들은 두 눈으로 똑똑히 보았다. 아버지 선생님의 존재 자체가 곧 말씀의 증거였다.

벽돌집에 올 때마다 아버지 선생님은 1층 식당에서 아

이들과 함께 식판으로 똑같은 음식을 먹었다. 아버지 선생님이 온 날에는 어김없이 쌈밥이 나왔다. 채식을 하는 아버지 선생님에게 맞춰 고기는 없고 나물과 채소뿐인 쌈밥이었다. 이런 날에도 고기가 안 나오다니. 쌈을 싸 먹는 모습에서 아버지 선생님의 성격이 얼마나 완고한지 알 수 있었다. 먼저, 상추나 양배추를 손바닥 위에 놓고 꼼꼼하게 편 뒤 밥 한 숟가락을 올린다. 그다음, 손가락으로 쌈 채소를 그릇처럼 오목하게 만들고 밥 위에 나물을 단단히 쌓는다. 마지막으로, 쌈이 흩어지지 않도록 손으로 꼭 싸매서 입으로 냉큼 넣어 씹는다. 아버지 선생님은 일련의 동작을 빈틈없이 되풀이한다. 스무 번을 꼭꼭 씹고 나서야 아버지 선생님은 말했다.

―허허, 내가 먹으면 나물도 고기가 되네?

아버지 선생님을 멀리서 보며 유림이 속삭였다.

―수-수염에 나물이 부-붙으셨어.

―아, 쌈 맛 떨어져.

해수가 숟가락을 내던졌고, 유림은 맥없이 고개를 끄덕였다. 저 마음 깊은 곳에서 아버지 선생님을 향한 불신과 경멸이 싹트고 있다는 걸 그때는 몰랐다. 불신은 가인의 것이기에. 아버지 선생님을 배신한 아이들이 어떻게 되었는지 유림은 알고 있었다. 그래서 그 의심은 몸 어딘가를 빙글빙글 돌다가, 받아들이지 않으면 버티지 못할 지경이 되어서야 뒤늦게 도달했다. 아버지 선생님이 원장실에서 얼굴을 들이밀며 순대처럼 쫀쫀한 입술로, 담배 냄새 밴 입술로, 자기 입술을 덮쳤던 그 순간에. 유림은 무슨 일이 일어났는지 혼란스러웠다. 이게, 뭐지? 꺼칠한 수염이 턱과 볼을 쓸고 지나갔고, 입술에는 오래된 본드 냄새 같은 침 냄새만 남았다. 모든 일은 순식간에 벌어졌다. 아버지 선생님은 얼른 입술을 뗐었고 괜찮아, 하면서 인자한 미소를 지었다. 말씀이 왜 그런지 모르겠구나. 그래, 괜찮다. 정말 괜찮다. 말씀의 뜻이다. 유림은 그 말을 되뇌며 원장실을 나왔지만 곧바로 방으로 돌아가지는 못했다. 운동장을 가로질러 벽돌집의 담장 밖을 맴돌며 입술을 닦아냈다. 우리가 사랑을 갈구하면 도저히 사랑할 수 없는 사람을 마주하게 될지어다. 오래된 본드 냄새가 입술에 붙어 떨어지지 않았다. 어디 도망갈 곳도 없어서 유림은 벽돌집 주위를 뱅글뱅글 돌며 울었다. 유림의 믿음에 금이 가기 시작한 것도, 벽돌집에서 벌어지는 일들을 파헤치려는 해수의 말을 믿어보기로 한 것도 바로 그날부터였다.

3

 빗장이 열리자 신당 안의 어둠이 뒤로 슬쩍 물러났다. 유림과 해수를 맞이한 건 묵은 헌 집 냄새, 문틈으로 비스듬히 비춘 한 폭의 흐린 빛이었다. 어둠과 빛이 뒤바뀌는 자리에 검은색 물체가 보였다. 가로 30센티미터, 세로 1미터쯤 되는, 비석처럼 길고 반듯한 직육면체였다.

 ─굴댕이가 말한 게 저거야? 꼭 무슨 관처럼 생겼네.

 해수가 말했다.

 ─그-그러기엔 작지 않아?

 ─갓난아이 관 정도 되지 않을까.

 ─해수야.

 ─왜?

 ─다-다른 건 없어?

 ─그래, 그래, 꼭 무슨 스피커처럼 생기긴 했네. 커다란…… 음, 대형 스피커?

 굴댕이의 말대로 직육면체의 모든 면 한가운데에 주먹만 한 구멍이 하나씩 뚫려 있었다.

 ─이게 신줏단지, 그건가 보다.

 해수가 말했다.

―신…… 신주.

―그래, 신주! 근데 어째서 이게 우리랑 같다는 거지?

해수는 가까이서도 보고 떨어져서도 보았다. 손으로 윗면을 쓸어보기도 하고, 코를 대고 냄새를 맡아보기도 했다.

―차가운 쇠 냄새가 나는데?

해수는 신주를 손으로 들어보려 했지만 바닥에 붙어 꼼짝도 하지 않았다.

해수가 신주 곁에 붙어서 법석을 피우는 동안 유림은 한 걸음 뒤로 물러나 신주 전체를 살펴보았다. 어렴풋한 흔적들이 눈에 들어와서 자세히 들여다보니 동전 반만 한 크기로 음각된 그림문자들이었다. 봉우리가 두 개 있는 산, 세 개의 물결무늬, 활활 타오르는 손바닥 모양의 불, 뱀이 똬리를 튼 것처럼 돌돌 말린 선……. 그것들이 위에서 아래로 새겨져 있었다.

유림이 말했다.

―구-굴댕이가 한 말 기억나? 흐-흙은 무-물속으로 가라앉고, 무-물은 부-불 속으로 가라앉고……. 이게 그거 아냐? 여기 사-산처럼 생긴 거는 흐-흙, 무-물결무늬는 무-물, 소-손바닥처럼 생긴 건 부-불, 안으로 돌돌 말린 건 고-공기…….

―그럼 의식은?

―이-이-이거?

유림은 육각형 문양을 가리켰다. 그림문자 중에서 가장 복잡한 문자였다. 육각형 테두리 안쪽에 작은 문양들이 채워져 있는데, 위쪽에는 동그라미 두 개, 그 아래에는 세모 하나, 맨 아래에는 가로로 긴 네모 하나가 있었다.

―꼭 얼굴같이 생겼네. 어디서 많이 본 것 같은데……

해수가 고개를 갸웃거리다가 손뼉을 쳤다.

―맞네, 이거 연구소에서 본 거네.

무슨 말을 하려는 건가 싶어 유림은 해수를 바라봤다. 해수는 자신 있게 말했다.

―이건 가인들의 의식을 보관하는 장치야. 봐라, 여기 구멍은 R과 크기가 같을 거야. 예전에 매뉴얼에서 본 적 있어.

―난 모-못 봤는데.

해수와 유림이 말하는 매뉴얼은 서로 달랐다. 유림이 말하는 건 하나의말씀의 포교 활동 매뉴얼이었고, 해수가 말하는 건 가인의 매뉴얼이었다. 실제로 본 적은 없었지만, 해수에게 워낙 자주 들은 터라 유림은 마치 그 내용을 직접 읽은 것만 같았다. 인간이 죽으면 혼이 아니라 원자의 무리가 몸에서 빠져나오는 거야. 새 삶을 시작하려고. 해수가 했던 말들을 유림은 또렷이 기억했다. 원자들은 그 인간의 정보를 갖고 있어. 육체는 죽어도 고유의 원자들은 사라지지 않지. 혼이라는 게 있다면 아마 그런 게 아닐까. 몸에서 빠져나온 원자 무리가 세상을 떠돌다가 잘 맞는 몸을 만나면 거기로 들어가는 거야. 원자는 그 고유의 성질을 간직하지만, 이전 삶의 기억은 갖고 있지 않아. 그래서 우리는 과거를 기억하지 못한 채 다시 태어나 비슷한 삶을 반복하는 거지. 결국엔 원자들이 우주에 흩어져 무(無)로 돌아갈 때까지 계속……

원자 이야기를 들으며 유림은 생각했다. 우리는 가인으로 태어나기 전에 어떤 삶을 살았을까. 그때 우리는 이미 만났을까, 스쳐 지나갔을까. 죽으면 우리는 또 무엇으로 태어날까. 믿어지지는 않았지만 믿고 싶은 이야기였다. 죽은 인간에게서 빠져나온 원자들이 우주를 떼 지어 날아다니다가 다시 인간의 몸으로 들어가는 광경은 이루 말할 수 없이 신비롭고 아름다웠다. 그 이후로 유림은 누군가의 죽음을 맞닥뜨릴 때마다 허공을 떠다니는 원자 무리를 떠올렸다. 수많은, 이라는 표현이 어쩐지 마뜩잖았지만 수많은 시간을 흘러온, 수많은 사람의, 수많은 원자를.

신당 안에서 신주를 보았을 때 해수는 그 얘기를 하고

있던 거였다.

—내가 한 말 기억나지? 복제 기술이 아니라, 이게 바로 프로젝트의 핵심이야. 이건 아이들의 원자를 보관하는 기계거든. 몸을 만드는 건 쉬워. 아이들의 시체가 있으면 그걸 쓰면 되고, 없으면 머리카락이나 칫솔에서 DNA를 채취하면 돼. 문제는 의식을 되살리는 거지. 저게 있어야 원자를 저장했다가 새로운 몸으로 옮길 수 있거든? 그렇게 아이를 되살리고 학습시키면, 다시 죽기 전과 똑같은 아이가 되는 거야.

그때 유림은 등허리 부근에서 뜨거운 열기를 느꼈다. 배낭 안에서 흘러나온 열기였다. 서둘러 배낭을 풀자 R이 미세하게 떨리고 있었다.

유림이 조심스레 손으로 감쌌는데 R은 무게가 없는 것처럼 가벼웠다. 무중력상태에 놓인 것처럼 R은 공중에 둥둥 떠오르더니 배낭 밖으로 빠져나왔다. 소리도 없이, 빙글빙글 돌며 신주를 향해 천천히 떠 갔다. 유림은 희미한 빛을 품은 채 회전하는 R을 홀린 듯 바라보았다. 다시 정신을 차렸을 때는 이미 R이 신주 구멍으로 빨려 들어간 뒤였다.

R을 삼킨 신주가 진동했고, 앞면에 길게 새겨진 그림문자에서 빛이 났다. 공기와 불과 물과 흙의 문양이 하나씩 천

천히, 마지막으로 육각형 그림문자가 빛을 내더니 고장 난 나침반 바늘처럼 그 자리에서 핑그르르 돌았다. 그제야 유림은 육각형 그림문자의 정체를 알아차렸다. 낯설게만 느껴졌던 그것은 사실 너무도 익숙한 문양이었다. 어떻게 잊을 수가 있을까. 예배당 뒷벽의 큰 천에 수놓인 문양, 벽돌집 원장실 벽면에 그려진 문양. 각도에 따라 인간의 얼굴, 개나 쥐 같은 동물, 벌집이나 농구공 같아 보이기도 한 그것. 바로 말씀의 문양이었다.

4

소문은 호기심과 비겁함, 그리고 적극적인 침묵 속에서 몸집을 불린다. 불신과 두려움, 타인의 불행을 즐기는 가학적인 성향이 불쏘시개가 되어 소문은 더 멀리, 더 빠르게 번져간다. 그 실체를 마주하게 되는 순간은 언제나 되돌릴 수 없는 지경에 이르러서다. 사실이든 아니든 상관없다. 소문은 결국 꼬리를 밟혀 성난 뱀처럼 아무나 하나 제대로 물고 나서야 비로소 사그라든다.

거대한 뱀이 벽돌집을 칭칭 감고 있을 때 유림은 책상에 코를 박고 중얼거렸다. 저건 뱀이 아냐. 꽃이 달린 덩굴일 뿐이야.

소문의 근원지는 문양이었다. 문양이 그려진 벽, 그 너머에 있는 공간이었다. 벽돌집 5층과 4층 사이에 비밀 층이 있는데, 그곳으로 가는 문이 원장실에 있다는 소문. **아버지 선생님이 오라고 하면 벌벌 떨며 오나, 콩콩 설레며 오나.** 인간이면서 동물이고 사물이기도 한 것, 말씀의 문양은 곧 아버지 선생님의 얼굴이었다. 문양 옆에 수렵용 공기총과 박제된 동물들이 걸려 있는데, 그중 사슴의 가지뿔을 젖히면 문양 한가운데가 갈라지며 벽에 틈이 생겼다. 벽 안쪽에는 좁고 어두운 계단이 나 있었고, 계단을 내려가면 철문이 나왔다.

해수는 그곳이 연구소의 핵심 공간이라고 믿었다. 무균 소독실과 대형 배양기, 고압 멸균기가 있는 비밀 구역이자 지문 인식, 보안 카드, 비밀번호로 삼중의 잠금장치가 된 최고 레벨의 보안 시설, 바로 가인들이 생산되는 곳. 해수가 태어나기 전에 특수 유리관 속에 갇혀 있던 그곳이었다.

아니야, 그런 건 있지도 않아. 유림은 해수의 이야기를 외면하려 했다. 어두운 계단 아래 무엇이 있는지 알기 때문이었다. 그 밑에 있는 건 비밀 연구소가 아니라 아버지 선생님의 수련당이었다. 모델하우스처럼 반듯하고 깨끗하게 정리된 거실. 킹사이즈 침대가 있는 침실. 월풀 욕조가 있는 화장실. 해수가 회개 시간을 발칵 뒤집어놓기 전까지 유림은 수련당을 청소하는 사역을 맡았다. 유림 이전에는 맹상이 했고, 맹상 이전에는 정우와 미란이, 그 전에는 대호가 했다. 아버지 선생님은 더러운 것을 병적으로 싫어해서 그가 벽돌집을 방문하기 전날과 다음 날, 한 달에 두 번 유림은 수련당으로 내려가 버려진 음식물과 긴 머리카락들, 피 묻은 휴지를 치워야 했다.

수련당 안에서는 아무 일도 일어나지 않았다. 벽돌집은 침묵했고, 침묵에서 소문이 태어났다. 아버지 선생님이 말씀에서 운영하는 일곱 개 가정을 돌아가며 방문한다는 소문. 일곱 개 가정마다 수련당과 같은 비밀 공간이 있다는 소문. 아버지 선생님이 식당에서 밥을 먹으며 콕 찍은 아이들을 수련당으로 들여보낸다는 소문. 거기에 들어간 아이들이 말씀의 은혜를 받아서 아이를 잉태한다는 소문. 임신한 아이들이 시골 그룹 홈으로 보내지고 거기서 태어난 아이들이 다시 보육원으로 돌아온다는 소문. 그 끝없는 순환. 소문은 입으로만 전파되지 않는다. 소문은 호기심과 비겁함, 적극적인 침묵 속에서 몸집을 불린다. 불신과 두려움, 가학적인 성향이 불쏘시개가 되어 더 멀리, 더 빠르게 번져간다. 그래,

소문의 실체를 마주하게 되는 순간은 언제나 되돌릴 수 없는 지경에 이르러서다.

유림이 소문을 외면하려고 고개를 돌렸을 때 벽돌집 창밖으로 가늘고 연약한 줄기에 붙어 휘청대는 작은 꽃봉오리를 보았다. 눈으로만 보면 둘 중 누가 더 아름다운지 우열을 가릴 수 없다고. 너희는 서로 다른 꽃처럼 무늬와 색깔이 다른데, 겉으로 보아서는 모르니 오랫동안 사랑을 가지고 잘 살펴보아야 한다고. 누가 들꽃이고 누가 온실에서 재배된 장미인지 가려내야 한다고. 고유의 향기를 맡을 수 있을 때까지 여러 번, 자세히 꽃잎들을 들여다보아야 한다고. 꽃잎에 코를 들이박고, 혀로 핥으면서, 겉모습이 아니라 본질에서 나오는 향기를 맡아야 한다고. 그건 꽃이 아니었다. 뱀이었다. 저건 꽃이 아니라 뱀이에요. 바람에 흔들리는 뱀 대가리를 손가락질하기 시작하면, 그 손가락이 가리키는 대상 때문이 아니라 그 손가락질하는 행위 자체에서 죄책감과 수치심이 동시에 움텄다. 마음속에 똬리를 튼 자신을 향한 혐오, 죽음보다 더 무서운 외로움들. 유림은 고개를 숙이고 머리칼을 짓뜯었다.

5

 R이 신주 안으로 빨려 들어가고 나자 유림은 과거와 현재의 기억 사이에서 비틀거렸다.
 신주의 사면에서 빛줄기가 뻗어 나와 신당 안벽에 영상이 펼쳐졌다. 꼬여 있는 선들이 점액이 되고, 점액이 세포로 변하는 영상. 세포의 파도가 밀려오고 점액질이 공간을 가득 채운다. 채워진 곳은 비워지고 비워진 곳은 다시 채워진다. 그 단순한 운동이 존재를 만들어낸다. 점은 선이 되고, 조각은 덩어리가 되어 빙글빙글 돌며 형태를 갖춘다. 오장육부와 골격이, 팔다리의 근육이, 아직은 거칠고 투박한 얼굴의 윤곽이 하나씩 나타난다. 일련의 과정이 끝나자 익숙한 얼굴이 떠오른다. 유림의 얼굴이다. 해수가 말했던 그곳. 해수가 태어나기 전에 갇혀 있었다던, 유림이 유림으로 태어나고 해수가 해수로 태어나던, 유기체로 가득한 특수 유리관 속.
 의식 이전에 점이 있었다. 점은 수직선이 되더니 실뜨기하듯 양옆으로 쫙 펼쳐진다. 눈앞에 나타난 황금색 거미줄. 고개를 돌리는 방향에 따라 그 형태가 어그러진다. 거미줄 뭉치가 다양한 형태로 변하고, 그 사이마다 색이 채워진다. 작은 불빛 하나가 눈앞을 비춘다. 멀리서 반짝이는 태양인 줄 알았는데, 감시 기계의 카메라에서 깜빡이는 불빛이다. 사람의 팔처럼 부드럽게 접혔다 펴지는 금속 기계, 그 끝에는 작은 원형 렌즈가 달려 있다. 유림이 눈을 깜빡이거나 고개를 돌릴 때마다 렌즈는 뱀의 눈처럼 따라 움직였다. 눈동자는 점점 커졌고, 그 안에 새로운 눈동자가 피어났다. 보지 않으면 사라졌다가 바라보는 순간 큰 눈동자에서 작은 눈동자가 갈라져 나와 그들을 쫓았다.

—여기서 나가야 해.

렌즈의 붉은 빛 너머에서 해수의 목소리가 들려온다.

유림은 환영에서 벗어나 신당 안으로 돌아왔다. 안벽에 펼쳐지던 영상이 일그러졌고, 신주는 붉게 달아오른 채 격렬하게 요동쳤다.

—R은? R을 갖고 가야지!

구멍 안에서 R이 천천히 회전하고 있었다. 눈앞에 보이는 R을 낚아채려 손을 넣었지만, 닿지 않았다. 안쪽 공간은 생각보다 깊었다. 허공을 휘젓던 손이 가까스로 R에 닿았을 때, 구멍 안쪽에서 무언가가 불쑥 튀어나왔다. 거칠고 투박한 누군가의 손이었다.

—아-안에 뭐가 있어.

유림이 말했다.

―나도 봤어.

해수가 말했다.

―그놈 손이었어.

둘은 동시에 말했다.

신당 벽에 비추던 영상이 납작하게 찌그러져 점점이 깨졌고, 신주가 폭발할 듯 부들거렸다. 신주 한가운데에 난 구멍에서 그림자가 흘러나와 신주 전체를 삼켰다. 흐물흐물한 구멍이 점점 커지고, 검은 구멍 안에서 손 하나가 밖으로 나오려 하고 있었다.

신당 밖으로 뛰쳐나왔을 때, 유림과 해수는 신주에서 빠져나온 그것의 완전한 모습을 보았다. 그것은 인간도 아니고 동물도 아니었다. 가지뿔이 돋은 사슴의 머리에 인간의 몸을 하고 두 발로 서 있었다. 무쇠 못들이 박힌 듯한 철갑을 두른 채 손에는 길쭉한 물체를 들었다. 칼이라고 하기엔 끝이 몽톡했고 거대한 참치처럼 매끈한 유선형이었다. 갑옷을 입고 참치를 손에 든 사슴 머리 인간이라니, 뭔가 말이 안 됐다. 아무리 그래도 참치일 리가 없어. 유림이 외쳤다.

―저-저건 아주 크-크-큰 손톱깎이야!

정말로 그것은 거대한 손톱깎이처럼 보였다. 퇴화한 물고기 입을 닮은 몽톡한 날, 양 끝에 붙은 눈, 은은하게 빛나는 몸체, 날렵한 꼬리까지. 사슴머리는 초대형 손톱깎이를 들고 서 있었다.

―저건, 원장이야.

해수의 말이 선명하게 들렸다.

―저 사슴 대가리는 원장실 벽에 있던 거야.

박제된 사슴의 머리가, 저쪽 방에 몸을 두고 이쪽 방에 머리만 들이밀고 있던 그것이 걸어오고 있었다. 죽은 동물의 눈처럼 초점도 없는 눈동자를 지닌 채. 왼쪽 눈으로는 해수를, 오른쪽 눈으로는 유림을 응시하며. 한 손에는 은빛 R을 들고, 다른 손으로는 거대한 손톱깎이를 질질 끌면서.

―숲으로 가서 뜨거운 피를 마시니, 내 배를 아프게 하지 말라.

사슴머리가 속달거렸다.

―서니사이드 숲에는 서니사이드 나무가 있다. 그 숲의 나무를 너희 마음대로 베지 말라.

그 소리가 유림의 머릿속에서 웅웅댔다.

유림은 본능적으로 도망쳐야 한다고 느꼈다. 그러나 R을 두고 갈 수는 없었다. 또다시 외면할 수는 없었다. 해수가 끌려가 갈기갈기 찢겼던 그날처럼, 저 거대한 손톱깎이에 두 팔과 두 다리가 잘리고 몸통이 쥐어짜이던 그날처럼, 유림은 그 자리에 그대로 얼어붙고 말았다.

6

'REAL LIFE+REAL FAITH'. 새 성전이 문을 열던 날, 붉은 대형 플래카드 아래로 신도들이 개미 떼처럼 몰려들었다. 일곱 개 가정에서 올라온 노란 버스들이 주차장에 일렬로 세워졌고, 성전 입구로 가는 길을 따라 아이들이 춤추고 노래했다. 기대감으로, 희망찬 미래와 승리의 예감으로. 신도들은 한 손에 성경책을 들고, 다른 손으로 자녀의 손을 잡고 벌거벗은 성전을 향해 힘차게 행진했다.

새 성전은 도색을 하지 않아 콘크리트 벽을 드러낸 직육면체 빌딩이었다. 완공되지 않은 것이 아니라 설계할 때부터 그런 모습이었는데, 아버지 선생님의 지시로 성전 건물 앞뒤와 양옆, 위쪽 면에 구멍을 뚫었다. 전문가들은 공간이 있어야 할 곳에 구멍을 뚫으면 안정성을 해치고, 설계와 건설이 복잡해지는 데다가 공간 활용도 비효율적이라고 조언했지만 아버지 선생님의 고집을 꺾을 수 없었다. 말씀이 사방에서 몰려들 구멍이 있어야 할 것. 아버지 선생님의 영적

설계와 비전에 따라 새 성전이 지어졌다.

새 성전은 지하 4층, 지상 11층의 빌딩이었다. 지하 4층부터 2층까지는 주차장, 지하 1층은 식당이었다. 지상 1층은 대형 홀, 2층부터 4층까지는 대예배당이었다. 그 위로는 다섯 개의 소예배당, 방송국과 도서관, 카페와 음식점, 세미나실과 기도실, 훈련실, 사무실 등이 있는 작은 왕국이었고, 가장 꼭대기 층은 아버지 선생님의 궁전이었다. 호텔 펜트하우스를 그대로 옮겨온 구조였는데, 방 너머에 방들이 미로처럼 이어졌고, 그 끝에 더욱 화려하게 지은 밀실이 숨어 있었다.

예배 시간이 되면 아버지 선생님은 경호원처럼 검은 양복을 입은 새끼 목사 서넛과 전용 엘리베이터를 타고 내려왔다. 2층 예배당 입구에서 스태프들이 달려들어 핀 마이크를 오른쪽 볼에 붙이고, 송신기를 허리에 채웠다. 아아 할렐루야, 아아 아버지 하나님. 마이크 테스트를 끝내고 아버지 선생님은 눈을 감는다. 셋, 둘, 하나. 오케이 사인과 함께 예배당 문이 열리고 아버지 선생님이 통로를 가로질러 등장하면 조명이 비춘다. 드럼과 피아노, 경쾌한 행진 음악. 빛을 따라 예배당에 모인 신도들이 아버지 선생님을 바라본다. 2층을 메운 아이들의 작은 입에서 새된 환호성이 터진다. 아버지 선생님은 한 손을 치켜들고 성큼성큼 통로를 걸어가 가볍게 점프하여 무대에 올라선다. 드럼 소리가 뚝 멈추고 무대가 암전된다. 조명이 밝아지면 아버지 선생님은 신도들 눈앞에 당당히 서 있다. 새로운 성전의 시대, 첫 예배의 시작을 알리는 종소리―.

―열두 당주 정원이 왔어?

아버지 선생님이 무대를 뚜벅뚜벅 가로지르며 묻는다.

―네!

예배석 앞쪽에서 목소리가 들린다. 이번엔 아버지 선생님이 반대쪽으로 천천히 걸어가며 묻는다.

―여섯 가정 영신이 왔어?

―네!

예배석 2층에서 목소리가 희미하게 들려온다.

―어디야? 왜 그리 멀리 앉았어? 멀어서 안 보이잖아.

아버지 선생님은 과장되게 눈을 찌푸리고 먼 곳을 내다본다. 카메라가 2층을 비추자 손을 흔드는 남자아이의 모습이 보인다.

―다 모였구나. 근데 오늘 여기에 왜 모인 줄 알아?

새 성전을 기념하려고요, 기념 예배 보려고요, 함께 기도하려고요, 하고 예배석에서 저마다 외친다. 잘생긴 아버지 선생님 보려고요, 라는 누군가의 말에 웃음이 터진다. 아버지 선생님은 고개를 끄덕인다.

─그래, 나 보러 왔지. 너희가 나 안 보면 누굴 보며 살 거야?

다시 예배석에서 웃음이 터진다.

─너희는 여기 말씀 들으러 왔어. 말씀을 안 들을 거면 여기 왜 왔니? 너희는 여기 목숨 걸고 사랑하러 왔어. 목숨도 걸지 못할 거면, 사랑은 왜 하니?

아버지 선생님의 말에 박수가 터진다. 신도들의 얼굴이 무대 뒤 대형 화면에 잡힌다. 그들은 감격스러운 표정으로 손뼉을 치거나 눈을 감고 손 모아 기도하고 있다. 무대 바로 아래 앞자리에 앉은 열두 당주, 벽돌집 원장과 나머지 여섯 가정의 원장이 화면에 차례로 지나간다.

아버지 선생님의 본격적인 설교가 시작된다.

─하나님은 말을 안 해, 말씀만 하시지. 말은 입으로 하는 거지만 말씀은 그게 아니거든. 마음에서 일어나는 걸 판단하지 않고 흘러가게 두는 거야. 말은 판단하는 거니까. 판단 이전에 말씀이 있었으니, 너넨 그걸 믿어야 돼.

커다란 화면에 실시간으로 아버지 선생님의 얼굴이 비친다. 말씀과 기도가 번갈아가며 진행되는 예배다. 말씀을 전할 때마다, 기도할 때마다 그 신들린 목소리에 신도들은 두 손을 부여잡는다. 말씀을 들을 때 신도들은 황홀하게 바라보고, 기도할 때는 구슬프게 중얼거린다.

아버지 선생님의 말씀이 이어진다.

―말씀이 우리를 만들어. 하나님이 인간을 처음 만들었을 때, 그건 그냥 진흙이 아니었어. 영적 질료였지. 그런데 지금, 그 질료의 수준이 얼마나 떨어졌는지 알아? 그럼 우리가 그 수준을 끌어올려야겠어, 말아야겠어?

아버지 선생님의 말은 점점 빨라진다. 말이 말을 잡아먹으며 앞으로 치고 나간다. 그 속도감에 신자들도 달아오른다.

―세상이 뭐로 이루어져 있어? 물이야? 불이야? 바람이야? 아니야, 세상은 영(靈)이야. 세상은 아픔이야. 영의 아픔과 고통으로, 결국 죽음으로 이루어져 있어. 그럼 묻자, 죽음에 대한 두려움을 이기는 방법이 있을까, 없을까? 있지! 왜 없겠어! 자기가 불멸한다고 믿으면 되잖아. (박수) 물론 그렇게 믿는 사람이 없으니까, 다른 방법을 써야겠지. 두 가지가 있어. 천국을 믿거나 아이를 낳거나. 뭐라고? (천국을 믿거나 아이를 낳거나!) 뭘 낳는다고? (아이!) 그래 아이야, 아이. 그것도 아주 많이. 그래야 내가 늙어 죽어도, 그 애들 속에 내 흔적이 남는 거야. 그래야 내가 불멸한다고 믿을 수

있는 거지. (박수) 너희 종갓집 알아, 몰라? 장맛을 대물림할 때 어떻게 해? 옛 장독에서 한 숟가락 퍼서 새 독에 옮겨 담고, 거기다 새로운 재료 섞어서 그 맛이 끊이질 않게 하는 거야. 지금 이 말씀도 못 알아듣겠는 사람 손 들어봐, 없지? 너희가 아무리 멍청해도 그 정도는 아니잖아? 아이를 낳는 것도 마찬가지라 이거지. 말씀의 숟가락 하나 턱 얹어서 내가, 너희를 만든 거야. (박수) 그래서 내가 너희를 낳은 거야. 말씀으로 낳은 거야. 왜냐. 영적인 질료가 하도 수준이 떨어져서 인간을 다시 만들어야 했거든. 처음부터 끝까지, 말씀으로 싹 다. 그래야 세상을 바꿀 수 있어. 그래, 안 그래! (박수) 그러니까 말씀 한 숟가락에 새 재료를 더해서 불멸의 맛을 내보겠다고 너희가 생각하면, 내가 기특하다고 하겠어, 안 하겠어.

예배석에서 신도들이 아버지 선생님! 하고 외친다.

―이게 내가 막 지어내는 게 아니에요. 말씀에 뭐라고 나와? 내가 여호와로 말미암아 득남하였다. (아멘) 내가 말씀으로 말미암아 득남하였다. (아멘) 말씀이 진리이자 본질이야. 봐봐, 지금 말씀을 듣고 가슴이 떨려, 안 떨려. 네 심장이 신호를 보내, 안 보내. 그러니 하나의말씀은 뭐다? (사랑!) 하나의말씀이 뭐라고? (사랑!) 하하, 대답은 잘한다. 근

데 나는 어쩌냐? 여태껏 한 번도, 단 한 번도 사랑을 해본 적이 없는데! 우리 본질은 사랑이 아냐. 그럼 뭐게? 별거 있냐? 인간의 본질은 죽고 못 사는 거지. 이제 알겠냐? 한 번 죽으면 다시 살아날 수 없는 거라고. 자, 오늘의 말씀은 여기까지! 끝!

아버지의 말씀이 이어지는 동안 신도들은 각각의 자세로 울부짖는다. 두 다리를 벌리고 앉아 울부짖는 여자, 발을 구르고 가슴을 치다가 무릎을 꿇고 울부짖는 남자, 옆 사람과 엉겨 붙어 울부짖는 신도도 있다. 그들의 입에서는 동굴 속 메아리 같은 소리가, 일부러 내는 건지 진짜로 울부짖는 건지 모를 그런 소리가 흘러나온다. 입에서 한 가닥씩 흘러나온 소리가 다발이 되어 예배당의 높은 천장까지 솟구쳤다가 폭죽이 터지듯 사방으로 퍼져나갔다.

7

사슴머리는 비늘갑옷에 붙은 작은 쇳조각들을 철컥대며 걸어왔다. 열 발짝 다가오니 쇳조각들은 꿈틀대는 벌레 떼로 보였고, 서너 발짝 앞에서 그 벌레 떼는 득시글대는 작은 문자들로 보였다. 사슴머리가 다가올수록 문자들이 서로 부딪히며 나는 소리가 점점 크게 울렸다. 말씀, 말씀, 말씀, 너희 내 꿈이 뭔지 알아? 말씀, 말씀, 말씀, 너희가 말씀의 아이들로 다시 태어나는 거야. 그건 원장의 목소리도, 아버지 선생님의 목소리도 아니었다. 가인의 땅으로 떠나올 때부터 유림을 뒤쫓아 오던 말씀은 마침내 사슴머리의 형상을 이루고 있었다.

코앞까지 다가왔을 때 유림은 신당 왼쪽 느티나무 쪽으로 달아났다. 사슴머리는 왼쪽과 오른쪽을 번갈아 보다가 느티나무를 향해 달렸다. 숲속에서도, 벽돌집에서도 아버지 선생님과 아이들의 술래잡기가 동시에 펼쳐졌다. 두 눈을 천으로 가린 아버지 선생님과 한 무리의 아이가 벽돌집 안을 무논의 올챙이들처럼 빠르지도 느리지도 않게 빙빙 돈다. 자, 따라 해봐. 하나님의 젖. (하나님의 젖) 하나님의 사랑. (하나님의 사랑) 하나님의 자지. (하나님의 자지) 신호가 떨어지자 아버지 선생님은 아이들을 잡는다. 아이들은 소리를 지르며 몸을 피하고, 아버지 선생님의 손은 아이들 몸에 닿을 듯 닿지 않는다.

소리 지르고 싶으면 소리 질러.

—해-해-해수야!

유림이 막다른 곳에 몰리자 해수가 사슴머리 등 뒤에 매달려 두 팔로 긴 목을 조였다. 사슴머리가 몸을 획획 돌려도 해수는 떨어지지 않았다. 사슴머리는 해수를 앞으로 넘기려고 한 번, 두 번, 세 번 애쓰다가 그만 제 머리가 몸통에서 쑥 빠져버렸고, 해수는 사슴의 머리통을 품에 안고 굴렀다. 굴러가는 사슴의 머리, 빙글빙글 돌아가는 눈동자, 몸통에서 떨어져 나온 머리가 이빨을 딱딱거렸다. 말씀, 말씀, 말씀. 피부 톤이 하얗진 않은데 매끈하네. 말씀, 말씀, 말씀, 이가 고르게 잘 났어. 대학에 가면 센스 있는 신입생이 되겠어.

머리가 떨어져 나가도 사슴머리는 멈추지 않고 손톱깎이를 휘두르며 성큼성큼 다가왔다. 유림은 쓰러진 해수를 부축했다. 해수는 믿을 수 없이 가벼웠다. 그럼에도 유림은 몇 걸음 못 가 주저앉았다. 다리가 후들거려 더 나아갈 수 없었다. 뿌예진 눈앞에 검게 물든 머리가 보였다. 머리가 떨어져 나간 말씀의 몸뚱이에 진짜 머리가 튀어나와 있었다. 물을 건널 때도 길을 헤맬 때도, 돌탑을 지나 산을 내려갈 때도, 비가 오나 해가 뜨나 끊임없이 뒤쫓아 오던, 인간도 동물도 아닌 존재, 바로 아버지 선생님이었다. 부모의 사랑이 뭐야. 포기하지 않는 거야. 너희가 도망치면 뭐 해. 우리는 끝까지 되돌려놓을 건데. 그게 부모의 사랑이야. 회복하여 구원받는 길이야. 말씀, 말씀, 말씀.

말씀의 벌레들은 눈앞에 나타났다가 사라졌다. 앞에 있는 듯하다가도 어느새 옆으로 옮겨 가 있었고, 뒤에서 다시 나타났다. 위로, 아래로, 옆으로, 시선이 닿는 곳 어디에나 있었다. 눈꺼풀에 들러붙어 좀처럼 떨어지지 않았다. 머릿속에, 심장 속에 피처럼 흐르고 있었다.

힘이 다한 유림은 앞으로 고꾸라져 머리를 땅에 부딪쳤다. 돌부리는 피했지만 땅에 쓸린 이마와 코가 아려왔다. 그래, 여기서 죽으면…… 이것도 끝나겠지. 눈앞이 흐려지며 그날의 통증이 다시 찾아왔다. 분노도 슬픔도 다 소용없었다. 분노해도 그들을 막을 수 없었고, 슬퍼한다고 해수가 돌아오는 것도 아니었다. 분노와 슬픔 뒤에는 무력함이 찾아왔고, 그 끝에는 수치심이 기다리고 있었다. 통증이 슬픔으로, 무력함으로, 수치심으로 동심원을 그리며 깊숙이 번져갈 때마다 유림은 벽돌집 옥상으로, 뒤뜰로, 그리고 그날의 회개 시간으로 되돌아갔다.

8

　아버지 선생님의 말씀이 끝나고 회개 시간이 시작되었다. 새 성전을 기념하여 특별히 마련된 시간이었다. 아버지 선생님은 무대 뒤편 왕좌에 앉고, 아이들은 차례로 무대에 올라 마이크를 잡고 죄를 고백한다. 레퍼토리는 같다. 우리 아빠는 살인자예요. 우리 엄마는 창녀고요. 그런데 괜찮아요. 우리는 하나님의 자식으로 거듭날 거니까요.

　회개 시간에 해수는 특별히 초대되었다. 지난 회개에서 소란을 피운 뒤로, 경찰들이 벽돌집을 둘러본 뒤로, 해수는 관심 원생이 되어 매일 밤 야구를 했다. 혼자서 공을 맞는 일은 견딜 수 있었지만 유림까지 함께 맞는 건 견딜 수가 없었다. 유림을 지키기 위해 해수는 마음을 바꾸기로 결심했다. 슬퍼하는 것만으로는 안 돼. 아무것도 하지 않으면 아무것도 바뀌지 않아. 해수는 유림에게 그렇게 말했다. 그리고 원장 앞에서도 말했다. 그동안 저는 의심했어요. 말씀을, 아버지 선생님을요. 하지만 이젠 알겠어요. 제가 틀렸다는 걸. 제가 한 말, 제가 한 행동 모두 잘못이었어요. 그 잘못이 되풀이되지 않도록 모두 앞에서 회개하고 싶어요.

　말씀으로 가는 마지막 관문은 가인의 뉘우침과 회복이

었다. 새 성전 기념 예배에서 해수를 신도들 앞에 세우는 건 상징적인 의미가 있었다. 하나님이 살인자 가인을 죽이지 말라고 하신 것처럼 아버지 선생님의 너른 은혜는 최악의 가인마저 용서해주신다! 해수는 천천히 무대 위로 올라간다. 마이크를 잡고 정면의 눈부신 조명을 바라본다. 해수는 굳은 결심을 한 얼굴로 숨을 고른다. 빛 속에서 해수가 예배석을 정면으로 바라보는 동안 유림의 몸은 점점 옆으로 기울어진다. 무대 위 해수도, 무대 아래 유림도 동시에 눈을 감는다. 그리고 동시에 눈을 뜬다. 아아, 우리는 인간이 아니다. 해수의 회개 아닌 회개가 시작된다.

—우린 말씀의 자식이 아닙니다. 우리를 낳고 기른 건 아버지 선생님입니다. 우리 얼굴을 똑바로 보세요. 누구랑 닮았는지.

해수의 입에서 약속에 없던 말이 튀어나오자 예배석 앞줄에 앉았던 원장이 벌떡 일어난다. 중대장들도 줄줄이 따라서 일어난다. 그때, 아버지 선생님이 한 손을 들어 제지한다. 무대 뒤편 큰 화면에 아버지 선생님 얼굴이 비친다. 해수를 걱정하는 눈빛. 깡마른 두 볼에서 눈물이 흐른다. 눈물에 젖어 반짝대는 얼굴이 클로즈업되자 신도들이 탄식한다. 아버지 선생님은 우리를 사랑하시고……. 눈을 감고 기도하는 아버지 선생님과 신도들 얼굴이 화면에 번갈아 비친다.

　무대 아래에서 유림은 생각한다. 화면 속 아버지 선생님의 얼굴이 신도들 얼굴과 닮았다고. 아이들의 얼굴과 닮았다고. 좁은 이마와 찢어진 눈매, 뭉툭한 코와 작은 입. 거울을 보면 해수 얼굴이 떠오르고, 아버지 선생님 얼굴이 겹친다. 그건 헛것이 아니다. 거울 속 유림의 얼굴이 해수의 얼굴에 잡아먹히고, 해수의 얼굴이 다시 아버지 선생님의 얼굴에 잡아먹힌다. 그리고 그 얼굴은 다시 벽돌집 아이들의 얼굴로 바뀐다. 대호로 바뀌고, 정우와 미란이로, 맹상으로 바뀐다. 그룹 홈에서 벽돌집으로 모여드는 아이들, 그룹 홈으로 흩어진 배부른 이모들, 그들이 어지럽게 춤을 추고, 그 춤에서 태어난 아이들이 가인들이다. 다들 알고 있지만 아무도 말하지 않는다.

　―너희도 다 알잖아. 우리가 어떻게 태어났는지. 누가 우리 아버지인지. 그걸…… 그걸 인정하면…… 내가, 정말 미칠 것 같아서! 그래서 우린, 그냥 계속 속이고 사는 거야!

　해수의 목소리는 점점 거칠어지고 예배당은 술렁인다. 화면 속 아버지 선생님이 맞잡고 있던 두 손을 푼다. 두 눈이 사냥감을 노리듯 번뜩인다.

　―그뿐이게? 벽돌집에서 우리한테 약 먹이고, 때리고,

착취했잖아. 가장 소중한 걸 빼앗아 갔잖아. 마음대로 아이들을 죽였잖아. 대호도, 정우와 미란이도, 맹상도 다 죽었어. 죽었다고! 벽돌집 뒤뜰, 거기 잡초 속에 아이들 시체가 묻혀 있는데…… 너희도 다 알면서…… 왜 모른 척해?

그 순간 마이크가 꺼진다. 아버지 선생님이 기도하던 두 손을 푼 직후였다. 해수는 마이크 없이 더욱 목청을 높인다.

―인간으로 살고 싶어? 그럼 내 얼굴을 봐! 똑바로! 끝까지…… 제대로 봐!

예배석에 앉은 신도들은 겁에 질려 고개를 돌린다. 우리도 자식인데…… 말씀의 자식인데…… 신도들의 혼란은 아버지 선생님의 외침에 묻힌다.

―저 아이는 인간이 아니다. 가인이다. 봐라, 저게 인간의 눈빛이냐!

원장과 중대장들이 무대 위로 달려든다. 여섯 명의 어른이 해수를 단숨에 제압한다. 유림이 벌떡 일어나 무대 앞으로 달려 나갔지만 소대장들에 가로막힌다. 유림은 그저 무대에서 짓밟히는 해수를 바라볼 수밖에 없다. 덩치 큰 중대장 둘이 무대 앞을 가로막고, 원장과 나머지 셋은 무표정한 얼굴로 발을 들어 쿵쿵 해수의 몸을 짓밟는다. 부피를 줄이려는 듯, 해수의 팔다리를, 배와 가슴을, 머리를 납작하게 짓밟는다. 팔뚝은 부러져 붉게 부어오르고, 목은 밟혀 그르렁대는 소리조차 새어 나오지 못한다. 관자놀이가 밟히며 눈알의 핏줄이 터진다. 해수의 몸은 점점 납작해져 바닥으로 꺼지고 유림에게서 점점 멀어져간다.

해수가 짓밟히는 동안 아버지 선생님은 신도들에게 말한다. 너희가 하나의말씀을 안 믿으면 여기가 지옥이야. 말씀으로 다시 태어나려면 먼저 죽어야 돼. 너희가 안 믿어서 개들이 죽는 거야. 그게 바로 지옥이야. 힘을 잃을까 두려워 아버지 선생님은 울부짖고, 믿음을 잃을까 두려워 신도들은 눈을 감는다. 들은 말을 잊고 본 것을 지우고 잠시 고개를 들었던 의심을 밀어내고, 그 빈자리에 다시 말씀을 채운다. 너희가 안 믿어서 개들이 죽는 거야. 그게 바로 지옥이야. 해수의 뼈가 살을 뚫고 튀어나와도 아무도 보지 못한다. 가슴에서 흘러내리는 피도, 팔다리가 잘려 나간 마네킹 같은 몸도, 아무도 보지 못한다. 보지 못하니 그곳에서는 아무 일도 일어나지 않는다. 아무 일도 없으니 그들은 그 자리에 앉아 같은 일을 되풀이한다. 혀 밑에 죄책감을 숨기고, 그 말이 병처럼 번질까 두려운 듯 어떤 문장을 발음하지 않으려 애쓴다. 우리는 인간이 아니다. 우리는 인간이 아니다. 우리는 인간이 아니다.

9

유림은 바닥에 고꾸라진 채, 그날 해수의 외침을 다시 떠올렸다.

인간으로 살고 싶어? 그럼 내 얼굴을 봐! 똑바로! 끝까지…… 제대로 봐!

그 순간, 유림이 끝내 받아들일 수 없는 건 단 하나였다. 해수가 또다시 짓밟히는 모습을 지켜볼 수만은 없다는 것. 고통 속에 해수를 홀로 두고 떠날 수는 없다는 것. 가인은 한 번 죽었다가 다시 살아난 존재였고, 해수는 그런 가인에게 특별한 힘이 있다고 믿었다. 그리고 유림은 이제 알았다. 자신이 말씀의 가인이 아니라, 해수의 가인이라는 것을.

쓰러진 해수를 지키려고 유림은 일어섰다. 두 발을 단단히 땅에 박고 두 팔을 앞으로 뻗어 사슴 머리가 벗겨진 아버지 선생님을 막아 세웠다. 맞서는 순간, 유림은 똑똑히 보았다. 점과 선, 하나의 그물망으로 이루어진 숲의 실체를. 불규칙한 점과 선으로 직조된 커다란 그물망이 유림과 함께 그것을 밀어내고 있다는 것을. 그것에게 밀릴 때마다 그물망은 찌그러졌다가 불규칙하게 출렁이며 다시 형태를 갖추었다. 그물망 속, 아홉 그루의 신목이 밝게 빛나며 촘촘한

선을 따라 힘을 불어넣었다. 붉은 피가 나뭇잎의 가느다란 잎맥을 타고 돌면서 숲 전체가 붉게 물들었다.

그제야 숲의 참모습이 드러났다. 높은 곳에는 느티나무, 느릅나무, 졸참나무가 있었고 낮은 곳에는 복수초와 꿩의바람꽃, 괭이밥, 칡…… 피나무의 노란 꽃과 줄딸기의 붉은 열매도 모두 그물망으로 연결되어 있었다. 숲은 벽돌집 뒤뜰과 이어져 있었고, 유림은 거기에서 자라던 잡초들의 이름까지 하나하나 기억해냈다. 기억은 유림의 내면 깊숙이, 그리고 벽돌집 뒤뜰에 묻혀 있던 아이들을 깨워냈다. 그 순간 땅이 울리고 그들이 응답했다. 유림의 옆에서, 뒤에서, 앞에서 녹색의 뭉그러진 그림자들이 불쑥 솟아올랐다. 눈물 탓인지, 아니면 원래 그런 형체였는지 알 수 없었다. 눈물을 훔치고 나자 그들이 선명히 보였다. 그들은 돌탑에서부터 유림과 해수를 쫓아왔던 가인들이었다. 그들이 풀로 뒤덮인 몸을 일으켜 땅속에서 천천히 깨어났다. 덩굴처럼 늘어진 머리칼을 들어 올리고 굽은 등을 폈다. 대호가 있었고, 정우와 미란이, 맹상도 있었다. 그리고 이름 모를 가인들도. 유림은 그들을 부른 적이 없었다. 늘 잊으려 했고, 지우려 했다. 그런데도 그들은 기어코 돌아왔다. 쫓아온 게 아니라 함께하려고 돌아온 것이었다. 유림 곁에, 바로 이 순간 그 자리에 서서 그것에 맞섰다. 그것이 가인들의 장벽에 부딪혀 뒤로 한 발 밀려나자 가인들은 목이 터져라 외쳤다. 일어나 같이 가자! 일어나 같이 가자! 일어나 같이 가자!

숲은 단일한 생명체였다. 하나가 아프면 다른 하나가 고통을 느끼고, 하나가 살면 다른 하나도 생명을 얻었다. 나무들은 땅에 깊이 뿌리 내리고, 가인들의 외침을 통과시키며 아이들을 품에 안았다. 잎맥을 타고 흐르는 아이들의 붉은 피가 뿌리 깊이 스며들었고, 숲은 오랫동안 생명의 성전을 이어온 방식 그대로 뿌리와 뿌리를 연결하여 그것에 맞섰다. 그 순간, 신은 콘크리트 성전 안이 아니라 숲 안에 있었다. 십자가와 제단이 아니라 나무뿌리에, 가지 안에, 작은 잎사귀 안에 있었다.

넝쿨 줄기가 흙을 뚫고 올라와 그것의 발을 붙잡았다. 가시 돋친 덩굴이 팔을 타고 올라가 손톱깎이를 휘감았다. 그것은 그물을 찢어내려 했지만 핏줄처럼 뒤엉킨 가느다란 붉은 줄기가 가슴에서 솟아올라 위아래로 퍼져나갔다. 몸부림칠수록 붉은 핏줄은 더욱 단단히 조여왔다. 동물도, 인간도, 신도 아닌 그것이 구슬프게 울부짖었다. 그러고는 점과 선으로 갈가리 찢겨 그물망 속으로 흡수되어 사라졌다.

*

 흙은 물속으로 가라앉고, 물은 불 속으로 가라앉고, 불은 공기 속으로 가라앉고, 공기는 의식 속으로 가라앉는다.

 소용돌이치던 외침이 사라지고 숲은 잠잠해졌다. 가인들은 다시 땅속으로 돌아가고, 붉게 물든 숲은 서서히 녹색으로 돌아왔다. 나뭇잎은 은색으로 반짝이며 부스스 흔들렸고, 나뭇가지가 후드득 빗방울을 털어냈다.
 ─드디어 사-사-사라졌어.
 유림이 말했다.
 ─정말, 그 괴물 놈이 사라졌네.
 ─그-그게 아니고 모-목소리가…… 마-말씀이 사라졌다고.
 유림의 머릿속에서 시시때때로 울리던 아버지 선생님의 목소리가 사라지자 유림은 마침내 바로 볼 수 있었다. 흙은 물속으로 가라앉고, 물은 불 속으로 가라앉고, 불은 공기 속으로 가라앉고, 공기는 의식 속으로 가라앉는 이 세계의 법칙을. 유림이 알고 싶었던 단 한 가지. 굴댕이가 스스로 깨달아야 한다고 말했던 바로 그것. 죽은 사람은 되살아날 수 없다는 것을.

　마침내 유림은 입을 열었다.

　—해수야, 죽은 사람은 다-다시 살아, 살아, 살아, 돌아올 수 없어.

　해수는 죽었다. 유림은 눈물로 가득한 눈을 떴다. 저마다의 이름을 가진 나무들, 무성한 숲이 눈앞에 빛나고 있었다. 그러나 그 안에 해수는 없었다. 유림은 R을 손에 쥔 채, 숲속에서 길을 잃은 사람처럼, 홀로 거기에 서 있었다.

늪, 윤輪해海

I

숲을 빠져나와 유림은 남쪽으로 걸어갔다. 걸음마다 산맥과 강이 굽이쳤고, 가까이에도 멀리에도 단풍이 흘렀다. 바위틈으로 돋아난 풀 한 포기, 이름 모를 꽃들이 그 곁을 스쳐 갈 때야 숨겨진 아름다움을 드러냈고, 그때마다 해수의 목소리가 들려왔다.

―야, 멋지네!

―여긴 어디야?

―이런 건 뭐라고 그래?

해수의 탄성이 들려올 때마다 유림은 무심하게 대꾸했다.

―그-글쎄.

그러면 해수는 풀이 죽어 말했다.

―에이, 개뿔도 아닌가 보네.

이제 유림은 휘둘리지도, 무시하지도 않고 같이 걸었다. 푸른 산들과 투명한 호수에 마음을 붙들리지도 않았다. 수치심도 슬픔도 증오도 없었다. 만약 유림에게 신이 있다면, 그건 벽돌집에서 숭배하는 절대자나 창조주가 아니라 제 안에 유유히 깃든 신이었다. 그 신을 품고 산 자와 죽은 자가 함께 길을 걸어간다. 아스팔트 도로에 들쥐와 산비둘기, 개와 고양이가 깔려 죽어 있으면 길섶에 묻어주고, 꽃을 함부로 꺾지 않고 부러진 가지를 돌보았다. 한번 쓰러진 나무를 다시 세우기는 어렵지만, 이제 유림은 그 방법을 알고 있었다. 유림은 마주치는 모든 존재에게 친절했고, 길 잃은 사람들에게(정작 길을 모르긴 마찬가지였지만) 뭐라도 알려주려 애썼다. 길에서 만난 사람들도 유림에게 친절했다. 바둑판이 벌어지면 훈수를 두었고, 싸우고 있으면 싸움을 말렸다. 나무에 감이 열려 있으면 감을 따 먹었고, 유자가 열려 있으면 유자를 맛보았다. 푸짐한 먹을거리가 널려 있었고, 따스한 방에서 잠들 수 있었다. 어느 산골에서 묵었을 때, 점방에 진열된 알록달록한 과자 봉지를 바라보며 침울했던 적도 있었고, 산비탈에 텐트를 치고 선잠에 들기도 했지만 고단하지 않았다. 주어진 시간이 많지 않다는 걸 유림은 알고 있었다. 뚝뚝 떨어지던 꽃잎이 길 위에서 사그라지고 발길을 이끌던 별들이 빛을 잃으면, 낮아지던 산맥이 땅 아래로 잠기고 물길의 깊이를 헤아릴 수 없게 되면, 마침내 더는 한 발짝도 내디딜 수 없는 바다가 시작될 터였다.

한 걸음씩 나아갈 때마다 은색 바다의 끄트머리가 조금씩 보였다. 점점 가벼워지는 발걸음에 맞춰 산비탈 아래로 바다가 그 온전한 모습을 드러냈을 때, 몸에서 열이 오르고 입에서 탄성이 터졌다. 넘실거리는 물결을 맞닥뜨리자 유림은 멈춰 섰다. 바다는 가야 할 길을 숨겼고, 햇살이 물결 위를 비췄다. 주변은 온통 파밭이라, 짠바람에 실린 매콤한 냄새가 코를 찔러왔다. 주인 없는 섬들이 바다 위에 둥둥 떠 있었고, 설익은 유자는 나뭇가지에 주렁주렁 매달려 있었다. 유자 열매를 하나 따서 베어 무니 그 안에 갇혀 있던 나무, 햇살, 길, 바다, 섬, 냄새, 이름 없는 사물들이 혀에서 터져 나왔다. 유림은 유자 열매를 퉤퉤 뱉어내고 길가에 주저앉았다.

해수가 유림 옆에 나타나 말했다.

―여기 오는 건 이번이 처음이자 마지막일 것 같아.

불길한 예감에 유림이 조심스럽게 물었다.

―왜?

―일부러가 아니면, 이런 데 다시 올 일이 없잖아? 히히.

해수는 짓궂게 웃었다.

그렇게 드문드문 나타나는 해수를 유림은 무시하지 않

앗다. 모래밭에서 밥을 해 먹으며 이제 어디로 가야 하는지 해수와 상의하기까지 했다. 애초 계획은 남쪽으로 길을 따라 계속 걷는 것. 그런데 이제 길은 바다 앞에서 사라지고 없다. 그렇다면 경로를 바꿔서 위로 올라가야 할까? 계속 남쪽으로 내려왔는데, 다시 북쪽으로 올라가는 건 마뜩잖았다.

—어떻게 할 건데?

해수가 물었다.

—내-내려갈 수 있는 데까지 가-가보자. 막다른 곳에 가면 뭐-뭔가 기-길이 생기겠지. 가-가서 방법이 없으면, 그때 다시 생각하면 되고.

—천잰데! 난 왜 그 생각을 못 했지. 바다가 가로막아서 길이 끊겼다고 생각한 거네. 좋아, 가자고. 새로운 길을 찾아서!

유림은 해수와 함께 길이 눈앞에서 사라질 때까지 바다를 따라 걷기로 했다. 가야 할 이유가 없으니 가지 못할 이유도 없었다. 지금껏 그래왔듯이 지도도 보지 않고 해를 따라 걸어가면 그뿐. 한 발짝도 옴짝달싹할 수 없는 곳에 이르러서야 다음 길을 알아볼 생각이었다. 지레 겁을 먹고 움츠리거나 경솔하게 굴지만 않는다면 바다가 길을 열어줄 거라고 믿었다. 믿기만 한다고 방법이 생기는 것은 아니었으나 때론 권능 밖에서, 불가피한 선택 속에서 길이란 것이 나타나기도 하니까.

그리고 아무도 내디딘 적 없는 고적한 바닷가 마을에 도착했을 때, 보란 듯이 시골 버스 한 대가 툭 튀어나왔다. 그것이 지금 그들에게 주어진 바다를 건너는 방법이었다.

선착장에서 버스가 선박에 실렸다.

―차도 타고, 배도 타고, 바다도 보고, 일석삼조네!

해수는 신이 나서 배 위를 이리저리 돌아다녔다. 뱃머리에는 물을 건널 때부터 쫓아온 새 떼가 앉아 있었다. 해는 바다 아래로 가라앉으며 허깨비 같은 길을 냈다. 물결은 뱃머리에 부딪혀 물거품이 되었다가 뱃전을 지나쳐 바다 저편으로 멀리 흘러갔다.

2

배가 뭍에 닿자 유림과 해수는 다시 걸어서 낯선 해변 마을에 이르렀다. 문 닫은 식당과 빈집, 인적 없는 마을. 해변으로 서둘러 내려가려던 유림을 해수가 불러 세웠다.

―여기 쉬었다 가라잖아.

해수가 길 한쪽을 손가락으로 가리켰다. 그곳에는 나무 한 그루와 식수비가 있었다. 막 옮겨 심은 듯한 어린 버드나무, 먹빛 글씨를 새긴 화강암 식수비였다.

―저기 뭐라고 쓰여 있는 거야?

해수가 식수비를 가리켰다. 열 개의 한자가 새겨져 있었지만, 유림이 아는 건 겨우 두 글자뿐이었다.

―모-모르겠는데.

해수는 식수비 뒷면을 살펴보더니 말했다.

―뒤에도 뭐라 쓰여 있어. 오랑캐 말은 북풍에 의지하고, 월나라 새는 남쪽…… 나무에 깃든다?

―지-진짜 여기서 쉬-쉬어 가라는 뜻인가?

―아닌 듯.

―그-그럼 고-고향을 그리워한다?

―그런 거 말고.

―그럼 뭐?

―새와 말은…… 갈 길이 다르단 거 아냐? 이제 여기서 찢어지라는 거지.

유림과 해수는 한바탕 웃었고 곧 대화가 끊겼다. 정적 속에서 유림은 문득 두려움을 느꼈다. 숲을 나와 걷는 내내 따라오던 두려움, 차마 입 밖으로 꺼낼 수 없었던 두려움이었다. 이제 해수를 완전히 떠나보내야 한다는 걸 유림은 알고 있었다.

해수가 말했다.

―더 갈 이유가 있나?

유림은 머리 위로 늘어진 버드나무 가지를 말없이 바라보았다. 하늘은 우중충했고 바다에서 불어오는 바람에 가지가 흔들렸다. 그 사이로 멀리 우뚝 솟은 탑이 눈에 들어왔다. 그 탑은 처음 물을 건널 때 보았던 콘크리트 구조물과 비슷한 모양이었다. 출항을 앞둔 배의 돛대처럼 바다를 향해 솟아 있었다. 유림은 비바람 속을 미끄러지듯 걸어가는 두 그림자를 상상했다.

―저-저기 탑이 있는 곳까지만 가. 누-눈에 보이는 걸 보니 5킬-킬로미터 정도 남은 것 같은데.

유림이 탑을 가리키자 해수가 투덜거렸다.

―에이 씨, 눈에 보이니까 더 가기 싫네.

둘은 구불구불한 해안을 따라 탑을 향해 걸어갔다. 탑은 곶을 따라 걸어 나올 때 나타났고, 만을 따라 걸어 들어갈 때 사라졌다. 갈수록 눈에 보이는 것보다 더 멀어 보였다.

―자꾸 누-눈앞에서 사라져.

유림이 말했다.

―그래도 거기 있을 텐데, 뭘.

―끄-끝까지 가면 뭐가 있어?

―뭐가 있긴, 바다가 있겠지.

―그-근데 바다는 어디에나 있잖아. 도-동쪽에도, 서-서쪽에도.

―그런데 이렇게 걷다 보니까, 꼭 그렇지만도 않은 것 같아.

해수는 심드렁하게 말하고는 눈에 보였다가 사라지는 탑을 향해 절룩거리며 나아갔다. 해수와 같이 걸으며, 유림은 한걸음에 달려가고 싶은 마음과 끝내 이르고 싶지 않은 마음 사이에서 주저했다. 도착한다는 건 무언가를 선택해야 한다는 뜻이었다. 이쪽인가 저쪽인가. 끝을 향해 걷는 동안 길 주위는 환하게 밝혀져 있었고, 걸음을 멈출 수 없었다. 유림이 붙잡으려 애쓰지 않아도, 이미 그것들이 유림을 붙잡고 있었다. 꽃과 나무, 방향을 잃어버린 산맥, 바닷속에서 출렁이는 그림자까지도. 풍경들은 몸 밖으로 빠져나갔고, 유림의 의식은 사라지는 땅을 향해 똑바로 나아갔다.

기억 속에서 해수는 흰 꽃을 가리키며 활짝 웃고 있다. 산과 강을 건너, 눈앞에 가물거리는 해수를 쫓아가 붙잡아 두려 할수록 꽃들은 시들어갔다. 유림은 마지막 순간까지 해수를 놓치지 않으려고, 애초부터 그런 노력이 부질없다는 것조차 잊은 채, 길 위에 누워 문득 꾸었던 꿈이 어떤 진실을 가리킨다고 믿었다. 이제 유림이 놓친 꿈들은 나풀나풀 저편으로 날아가 끝으로 치닫는 해수의 기억과 만나 이지러졌다. 기억의, 순간의, 문자의 들판이 어둡고 감감해져가는 저 끝은 죽음과 은유의 바다였다. 산 자가 망자로, 흰 꽃이 검은 꽃으로, 흐르는 산맥이 얼어붙은 바다로, 긴 행진이 끝날 때까지 무엇도 섣불리 가늠할 수 없었다.

벽돌집에서 도망칠 때만 해도 유림은 여기까지 오게 될 줄 몰랐다. 해수의 손을 놓지 않았더라면, 둘이 같은 세상에 살고 있었더라면, 지금쯤 어디서 무얼 하고 있을까. 이제 와 묻는들 소용없을 질문이었지만, 어느새 유림은 여기까지 흘러와 있었고 더는 두렵지 않았다. 유림은 나타났다 사라지는 탑을 보지 않고, 해수의 흔들리는 어깨만 보며 걸었다. 그 순간만큼은 해수와 함께였다. 해수와 어깨를 맞대고, 해수가 바라보는 쪽을 바라보다가 걸음을 서둘렀다. 마치 걸어야 할 이유가, 새로운 목적지가 생겼다는 듯이. 한 걸음 한 걸음, 그 걸음에 맞춰 해수가 살아나기라도 한다는 듯이. 끝내 어딘가에 닿지는 못할지라도.

유림은 마침내 탑 아래에 도착했다.

3

 탑 아래에는 바다와 둥글게 맞닿은 평지 위에 옛 활터가 있었다. 헬기장처럼 넓고 평평한 땅은 삼면이 방풍림에 둘러싸였고, 탁 트인 바다 쪽 해안단구 아래로 질척한 펄이 드러나 있었다. 진흙 속에는 벌레인지 꽃게인지 모를 것들이 꾸물거렸고, 웅덩이 안에서는 딱딱 물거품 터지는 소리가 났다. 물이 빠져나간 바다는 늪이었다. 물, 펄, 수초, 다시 물. 새들은 바닷물에 반쯤 몸을 담근 채 장난스럽게 뒹굴었다. 유림이 다가가자 새들이 날개를 슬쩍 펼치고 낮게 날아 옆으로 옮겨 갔다. 유림은 늪이 내려다보이는 옛 활터에 앉아 새들이 뒹굴던 빈자리를 바라보았다. 세상의 모든 소리가 그곳으로 빨려 들어가 사라지는 듯 고요했다.

 옛사람들은 물을 건너오는 적을 막으려고 육지와 바다가 맞닿는 곳에 돌성을 쌓았다. 성 안쪽에는 마을이 생겼고, 성 밖 너른 땅에는 활 연습장을 두었다. 그곳에서 쏜 것은 나무 화살만이 아니었다. 사람의 혼도 쏘았다. 활터는 일대에서 가장 넓고 평평한 땅이어서, 마을 누군가가 죽으면 사람들은 망자를 여기로 데려왔다. 어린애도 늙은이도, 남자도 여자도, 산 자들이 한자리에 모여 망자의 몸과 혼을 씻고 노래를 불렀다. 누군가를 죽이려고 화살을 쏘던 땅에서 망자의 혼을 바다로 쏘아 멀리 날려 보냈다.

이제 바다로 날아간 혼들이 은멸치 떼처럼 반짝이며 팔딱대다가 몸을 찾아 돌아올 것이다.

우리의 영혼은 입자로 되어 있어. 우리 몸은 사라져도 그건 사라지지 않지. 유림은 해수가 했던 말을 기억했다. 우리가 죽으면 몸은 사라져도 우리의 영혼을 이루던 원자는 사라지지 않는다. 작은 입자들이 몸 밖으로 빠져나와 무리지어 우주를 날아다니며, 저마다 맞는 몸을 찾아 들어가 다음 생을 시작한다. 기억은 잊고 소망은 간직한 채. 유림을 매혹했던 그 말처럼, 영혼의 입자들이 바다 저편에서 반짝였다. 은빛 무리는 거대한 물고기가 되어 바람 부는 쪽으로 천천히 움직였다. 바람이 거세져 물결이 출렁대면 반짝임이 더욱 커졌다. 그 속에서 벽돌집 아이들의 얼굴이 나타났다가 사라졌다. 이렇게 생긴 아이들과 저렇게 생긴 아이들이. 더벅머리, 긴 머리, 뿔테 안경, 갈매기 눈썹, 눈 큰 아이, 눈 작은 아이, 작아도 너무 작아서 눈이 없느냐고 놀림받던 아이까지도. 생긴 건 달랐지만 모두 정면을 바라보고 있었다. 그 각기 다름으로 반짝이는 얼굴들을 유림은 하나하나 떠올리고 되새겼다. 저 반짝임이 멈추고 나면 이제 그들은 새로운 몸을 찾아 떠날 것이다.

　유림이 기도하고 있는데, 난데없이 뿍 소리가 났다.

　―지-지금 이 타이밍에 바-방귀를 뀐다고?

　―미안.

　―사과를 바-받아주겠다.

　―살아 있으면 방귀를 뀌지만, 죽으면 방귀를 못 뀐다.

해수가 민망한 듯 말했다.

　―하지만 해수야, 넌 주-죽었어.

　―난 죽어도 방귀 뀔 거야. 내 맘대로 웃고 울고 다 할 거야. 왜 다들 슬퍼도 꾹 참고 사는지 모르겠어. 난 있는 힘을 다해 울면서 살 거야.

　―그래, 아-알았어.

　유림이 해수와 대화를 나누는 동안 펄에 물이 차올랐다. 낮과 밤이 엇갈리면서 파도 소리가 커졌다. 동그란 해가, 무한한 에너지를 내뿜는 R이 바다 밑으로 사라지고 있었다. 하늘과 바다에 선홍빛 길을 내면서. 하늘의 주름과 바다의 주름이 하나로 이어졌다. 바다는 어두워질 때까지 햇살을 물 위에 실어 뭍으로 밀어냈다. 흰 새들은 작은 섬으로 모여들고, 섬들은 어둠과 침묵 속에서 하나로 이어져 판판한 땅이 되었다.

─지금은 밤이야?

─모-몰라.

─그러면 밤이 아니야?

─아마도.

그것이 유림과 해수가 나눈 마지막 대화였다.

어두운 세상이 밝아지고 있는지, 밝은 세상이 어두워지고 있는지 유림은 알 수 없었다. 어둠과 빛이 교차하는 순간에 저 너머의 섬도, 산 아래 흰 등대도, 둥둥 떠 있는 배들도 보이지 않고 파도 소리만 더 또렷하게 들려왔다. 추얼컥 추얼컥, 하는 규칙적인 파도 소리를 들으며 아무런 대화도 없이, 마냥 여기 앉아 있어도 좋을 것 같았다. 어찌해야 할지 모르는 어린아이처럼. 흘러가는 풍경과 시간을 무릎에 앉혀놓고. 사랑이라는 말을 아끼면서. 한 시절의 말들이 유림의 몸을 통과해 흘러가버렸으니 더는 어딘가로 갈 필요가 없었다.

유림은 이제 완전히 혼자가 되었다.

*

유림은 자갈밭에 혼자 앉아 방생하듯 돌멩이를 바다로

던져 넣었다. 파도에 모서리가 닳고 매끄러워진 돌들이 휙 날아가 어둑한 물 위로 떨어졌다. 온 바다를 돌로 채울 듯 끊이지 않던 동작이 멈춘 건 하늘과 바다의 경계가 지워졌을 즈음이었다. 유림은 한쪽에 밀어두었던 배낭에서 무언가를 꺼냈다. R이었다. 유림은 R을 손에 쥐고 조금 전에 돌을 던진 것처럼 바다로 던져 넣으려다가 말았다. 그리고 자리에서 일어나 밤의 바다로 천천히 걸어 들어갔다.

파도는 유난히 시끄럽고 난폭했다. 진창이 발을 붙잡고 수초가 종아리에 들러붙었다. 날파리가 눈앞을 가로막고 파도가 자꾸만 몸을 뒤로 밀어냈다. 거기 있던 모든 것이 들어오지 말라고 말렸지만 유림은 이미 결심을 굳혔다. 유림이 바다 안을 들여다볼 때 바다 안의 그림자도 유림의 마음 깊숙한 곳을 들여다보았다. 잡초가 돋아 암녹색으로 흐물거리는 얼굴, 해수가 유림을 향해 손을 뻗고 있었다. 보고 싶었어. 그 순간, 바다는 어두운 늪이었다.

유림이 R을 감싸고 있던 은박지를 벗기자 하얗고 둥근 통이 드러났다. 한 손으로 아래를 받치고 다른 손으로 윗부분을 비틀어 통을 반으로 갈랐다. 남은 반쪽을 거꾸로 뒤집자 그 안에 있던 가루가 바람을 타고 흩날렸다. 하얗고 가벼운, 해수의 뼛가루였다. 파도가 그것을 어둠 속으로 조용히 실어 날랐다. 해수의 영혼이 바다로 돌아가는 동안 하늘은 반짝이는 별들로 가득했다.

바다는 밑바닥이 보이지 않았고, 어둠은 조금씩 뒤로 물러나며 유림의 몸을 더 깊은 곳으로 이끌었다. 감각과 기능이 떨어지고, 생각이 멈춰서 언젠가 아무것도 아니게 될지라도 유림은 멈추지 않았다. 남쪽으로 남쪽으로, 조금만 더 걸어가면 해수가 가는 그곳에 닿을 듯했다. 기억도 아니고 꿈도 아니고 망상도 아닌 지금 이 순간, 해수와 함께 있을 수만 있다면. 저 밑에서 들려오던 영혼의 헐떡임을 잠재우고 또 잠재우며. 유림의 몸은 부드러운 늪 속으로 서서히 가라앉았다. 발이 잠기고 무릎이 잠기고 허리까지 물이 차올랐다. 유림은 바다와 하나가 되어가고 있었다. 바닷속으로, 바다가 되어, 걸어가고 있었다.

유림은 천천히 몸을 뒤로 젖혀 바닷물 위에 누웠다. 팔다리를 쭉 뻗자 바다가 출렁거리며 유림의 몸을 받쳐주었다. 마치 누군가의 품에 안긴 아이처럼. 귓가를 때리던 물소리가 잠잠해지고 숨소리만 들려왔다. 들어왔다 나가고, 들어왔다 나가고. 출렁이는 파도에 맞춰서, 다시 들어왔다 나가고, 들어왔다 나가고. 유림의 숨은 끝없이 밀려왔다가 나가는 파도와 하나가 되었다. 파도가 시작되는 넓고 깊은 곳으로 들어가, 해수와 하나가 되었다. 깊은 심연 속에서 유영하고, 장난치고, 숨을 쉬고, 그림자 물고기 떼를 이끌며, 끝내 사랑하는 꿈을 꾸었다. 물은 팔과 다리를 휘감고, 코끝에 닿고, 몸을 삼키려 했지만 유림은 모든 것이 떠내려갈 때까지 물 위에 있었다. 나는 죽지 않는 거야. 죽기 전에는 죽지 않는 거야. 유림은 떠나간 해수를 생각했고, 해수와 하나 되기를 소망했다. 마흔아홉 번째 날, 황천을 건너 명도를 걷고 묘지와 망산, 신림을 지나 영혼들이 반짝이는 윤해에 다다랐을 때에야 유림은 알았다. 해수와 하나가 되는 길은 오직 하나뿐이라는 걸. 어둠과 침묵으로 반짝이는 바다 위에서, 유림은 눈을 감았다.

유림은 벽돌집 옥상에 올라와 있다. 옥상은 벽돌집에서 검은 벽돌이 보이지 않는 유일한 곳. 그곳에서 누군가와 함께 서 있다. 누군가란 마음속 비밀스러운 연인, 그래서 조심스럽게 온전히 둘만 옥상에 남기를 기다린다. 아이들이, 기억들과 시간들이 둘 사이를 스쳐 지나간 뒤에야, 적막이 둘러싸고 침울함이 천천히 바닥에 깔릴 즈음, 유림은 비로소 자신의 그림자 속에서 뻗어 나온 해수의 손을 마주 잡고, 그 보이지 않는 형상을 포옹한다.

해수는 어디로 가버린 걸까?

유림은 옥상에서 해수의 마지막 뒷모습을 보았다. 막 해가 저물어 녹색 방수 페인트를 칠한 바닥 위로 노란 햇살이 퍼져나가던 그때, 저 멀리 다닥다닥 붙은 고시원과 오래된 수산시장, 고요히 뻗은 철로가 한눈에 들어왔다. 옥상을 가득 메운 저녁 빛 사이로 해수는 아슬아슬하게 난간을 딛고 선 채로 두 팔을 양옆으로 뻗어 균형을 유지하고 있었다. 어떻게 설명해야 할까. 그 모습이 위태롭기는커녕 아름다워 보였다는 걸. 황금빛으로 물든 등은 숨소리를 따라 오르내렸고, 양옆으로 튀어나온 어깨뼈는 금방이라도 날개가 솟을 것처럼 꿈틀거렸다. 저건 떨어지려는 게 아니야, 날아가려는 거야.

―언제까지 거기 있을 거야? 얼른 이리 와.

유림은 해수에게 다가가 함께 아래를 내려다보았다. 옥상 아래는 시끄러웠다. 하나의말씀은 내 자식을 돌려보내라! 하나의말씀은 내 자식을 돌려보내라! 한 무리의 사람이 피켓을 든 채 애타게 소리치고, 기자들과 경찰들이 벽돌집에 들이닥쳐 원장을 끌어내는 중이었다. 이러지 마, 나한테. 너희 손해야. 자꾸 그러면 우리도 가만 안 있어. 원장이 악다구니를 쳐댔다. 그토록 원했던 장면들이 저 아래에서 펼쳐지고 있었다. 전쟁을 벌이고 원수 갚을 거야. 우리가 죽으면 너희도 죽어. 원장의 악다구니가 함성과 야유 속에 묻혔다.

―저건 우리 들으라고 하는 말이야. 이 일은 별거 아니고 자기는 곧 돌아올 거라고.

―그럼 우린 어떻게 해?

―그냥 우리 삶을 살면 돼. 우리가 무슨 죄를 지었어? 죗값은 죄지은 놈들이 치르면 되지.

해수가 손가락으로 벽돌집의 뒤뜰을 가리켰다.

종(終)

―저길 봐, 아이들이 나오고 있어.

경찰들이 삽으로 땅을 파고 있었다. 침묵 속에서, 철제 펜스 안팎으로 풀과 잡목이 아이들 키보다 유난히 높이 자라던 그곳을, 안쪽 풀이 밖으로 넘어가고 바깥 풀이 안으로 넘어와 뒤엉키던 그곳을, 해수는 담담히 내려다보았다. 자랑스러워하거나 기뻐하는 눈빛은 아니었다. 후회하거나 슬퍼하는 눈빛도 아니었다. 원장을 경멸하거나 죽은 아이들을 동정하는 눈빛도 아니었다. 그냥 거기에서 일어나는 일을 기록하듯이, 마치 카메라 렌즈처럼, 하늘에서 내려다보는 새들의 눈처럼, 그 광경을 내려다보았다.

다시, 유림이 물었다.

―이제 우린 어떻게 해?

해수는 대답 대신 은박지에 싼 둥근 무언가를 유림에게 내밀었다.

―뭔데?

해수는 조용히 R을 유림의 손에 쥐여주었다.

―이게 너한테 용기를 줄 거야.

그리고 해수는 고개를 돌려 몸을 기울였다. 꼭 아래로 떨어질 듯이. 원장과 경찰과 기자들이 있는 곳으로. 난 인간이 아니니까. 환청처럼 들려온 목소리에 유림은 해수의 몸을 꼭 붙들었다. 생각보다 가냘픈 어깨가 양손에 들어왔다. 스스로를 너무도 세게 끌어안은 나머지 팔과 어깨가 몸속으로 파고든 것만 같았다. 해수가 이토록 연약한 뼈들로 이루어졌다는 사실에 슬픔이라고 불러도 좋을지 모를 감정이 밀려왔다.

해수는 난간 끝에 선 채로 시선을 들어 먼 곳을 바라보았다. 낮은 담 너머 키 작은 빌딩들, 도시 너머 가파른 산기슭, 시야가 닿는 곳까지만 세상이던 그 시절, 해수가 상상할 수 있었던 미래란 고작 벽돌집을 나가야 하는 열여덟 살이 전부였을 텐데. 주변은 주홍빛으로 물들고, 햇살에 눈이 부셔 유림은 눈을 가늘게 떴다. 잃어버린 시간들이 산기슭 너머에서 이곳으로, 죽기 전에 죽지 않으려고 몸부림치는 아이들을 향해 고요히 행진해 오고 있었다. 유림은 손을 뻗어, 제 몸 깊숙이 파고든 해수의 두 날개를 꼭 붙들었다.

종(終)

발문

삶으로의 긴 여로

박혜진(문학평론가)

10년 전 스페인을 여행하다 포르부(Portbou)라는 작은 어촌 마을에 들른 적이 있다. 포르부는 프랑스와 국경을 맞대고 있는 스페인의 항구도시다. 지나가다 들른 탓에 기껏해야 반나절을 머물렀을 따름이지만 고요한 기차역에서부터 좁은 골목들, 막막하다 못해 먹먹해지는 언덕과 바다까지, 눈앞에 펼쳐지는 모든 장면이 묘한 에너지로 여운과 잔상을 남기는 곳이었다. 언젠가 다시 오리라 결심했지만 부산스러운 나날에 밀려 포르부라는 말도, 막다른 풍경의 묘미도 멀찌감치 흐릿해진 지 오래다.

그곳을 다시 떠올린 건 문예비평가이자 철학자였으나

비평가도 철학자도 아니었던 발터 벤야민의 일생을 더듬던 중이었다. 독일 출생의 유대인이었던 벤야민은 나치의 탄압으로 프랑스에서 망명 생활을 했다. 1940년, 나치가 프랑스까지 점령하자 미국 망명을 결심한 벤야민은 배를 타기 위해 포르부로 가지만 세관에 붙잡혀 발이 묶인 채 집단 출국시키겠다는 협박에 시달린다. 이미 파리에서 혹독한 망명 생활을 하던 중 몇 차례 자살을 기도한 적 있던 그는 끝이 보이지 않는 추격과 불안 앞에서 삶에 대한 의지가 꺾이고 만다. 몇 번이고 다잡았던 생의 끈을 놓아버린 것이다. 절망한 벤야민은 모르핀을 다량 투여했고 그 끝은 죽음이었다.

그의 무덤이 포르부에 있다는 사실을 당시 여행 중에는 알지 못했다. 벤야민을 기리기 위한 구조물도 설치되었다고 하는데 그 역시 당시의 나로서는 알 리 없는 정보였다. 벤야민의 무덤에서 바다로 이어지는 물길 모양의 통로에 붙여진 이름은 파사주(passage), 끝이 유리로 막혀 있어 정작 바다에 닿을 수는 없는 형상이다. 일찍이 파사주는 벤야민이 재발견한 공간이었다. 벤야민은 건물 사이를 통과하는 길고 개방된 통로를 지칭하는 파사주에서 양쪽에 소속되진 않았으나 언제든 양쪽으로 수렴될 수 있는 철학적 공간성을 발견하고 그것을 문지방 영역(schwelle)으로 개념화했다. 문지

방 영역이란 비평가였고 철학자였으되 그 어느 쪽으로도 수렴되지 않았던 스스로를 상징하는 자리이기도 했을 것이다. 살아생전 파사주는 그에게 가능성의 공간이었으되 죽음 앞에서는 끝내 닿지 못한 자유였던 걸까. 쉽사리 가늠하기 힘든 생의 공백이다.

'파사주'라는 제목을 들었을 때 가장 먼저 떠올린 건 이 소설이 내 인생의 두 번째 포르부 여행이 될지도 모른다는 예감이었다. 그런 예감은 막연하나마 나름대로 이유 있는 예측이었다. 강성봉의 데뷔작인 장편소설 《카지노 베이비》(한겨레출판, 2022)야말로 한 인간의 삶에 통로(passage)를 마련해주고자 하는 작가적 의지가 돋보이는 작품이었기 때문이다. 한 아이의 삶에 숨겨진 출생의 비밀이란 과거와 현재가 연결되는 통로에 다름 아니고, 도시의 흥망성쇠 안에서 피워내는 생명력은 시간의 흐름에 도전하는 불멸의 통로이다. 물론 이번 소설에서 파사주는 '통로'에 국한되지 않을뿐더러 통로를 지시하지도 않는다. 작가가 의도한 파사주(破四柱)는 사주를 깨트린다는 뜻으로, 나의 궤적과 타인의 궤적이 섞여들며 구축되는 삶의 유동성과 복잡성, 이른바 관계성을 함의한다. 그러나 두 파사주에는 차이점보다 공통점이 더 두드러진다. 사람들과의 관계 안에서 변화하는 것이

운명이라는 말에는 인간의 삶이란 타인들과의 연결, 즉 통로를 통해 무한히 변화하는 가능성이란 뜻이 내포되어 있기 때문이다.

*

《파사주》는 벽돌집 아이들의 탈출과 그 이후를 따뜻한 시선으로 뒤쫓는 소설이다. 벽돌집은 여느 보육원과 같은 복지시설이 아니라 보육원을 가장한 권력이자 조직적인 사기 집단이다. 유림과 해수는 가짜 집을 탈출해 진짜 집을 찾아 나선다. 보호라는 명목으로 착취를 일삼던 '하나의말씀'에서 벗어나 스스로를 지키기 위한 내면의 말들을 찾아가는 미지의 여행은 다채롭고 유니크한 공간 이동과 그에 못지않게 활달한 시간 이동을 바탕으로 광폭 전개되며 독창적인 호흡을 유지하는 여로소설 형식을 취한다. 두 사람의 우정과 모험을 다룬다는 점에서 버디무비를 떠올리게 하는 한편, 길 위에서 마주하는 다변적인 상황을 그린다는 점에서 로드무비를 연상시키기도 하지만, 버디무비나 로드무비 같은 전형적인 범주로는 분류하기 힘든 개성이 돌올하다. 선한 명목을 내세우지만 본질은 아이들에 대한 착취에 다름 아닌 벽돌집에서 불쾌한 욕망들이 착종된 현대사회의 무자비한 이기심과 그로 인한 희생양으로서의 아이들에 대한 비유를 읽을 때, 이 소설의 길은 지옥에서 출발한 순례길처럼 보인다. 삶으로의 긴 여로를 산 자와 죽은 자가 함께 걷는.

침묵과 어둠 속에서 방황하는 아이들의 피폐함을 통해 작가가 말하고 싶은 것은 그들을 이용하는 어른들의 교활함과 잔인함, 그리고 무심함일 것이다. '하나의말씀'이 교활하고 잔인하며 무심한 사회에 대한 알레고리로 충분히 작동하기 때문이다. 유림과 해수는 벽돌집에서 그랬듯이 길 위에서도 종종 "그들이 모르는 어둠 속에 버려"(pp. 131~132)진다. 그럴 때 "비결은 가볍게가 아니라 무겁게. 버티려면 위로 뜨려 하지 말고 밑으로 가라앉아야 한다는 것"(pp. 51~52)이 길에서 익힌 진실이다. 물 밑에서 숨죽이면서도 걸음을 멈추지 않는 건 이 길이 막다른 골목이 아니라 언젠가는 끝이 보일 터널이라 믿기 때문이다. 계속 걷다 보면 환한 빛을 마주하리라는 작은 희망이 아이들의 발걸음을 계속 앞으로 이끈다. 벤야민의 파사주(passage)가 끝내 건너지 못한 자유였다면 "살아 있지도 죽어 있지도 않은 것만은 피하기 위해서"(p. 155) 계속 걷는 아이들에게 파사주(破四柱)는 물 밑에서도 희망을 포기하지 않는 자유다. 아이들은 친구,

즉 타인이라는 통로를 통해 자기 운명에 참전한다.

    인생을 살아가다 보면 문이 벽이 되는 경우가 있고 벽이 문이 되는 경우도 있다. 인생이 고통이라는 것은 사대성인이 증명한 진실인바 그래서 우리에겐 종교도, 철학도, 문학도, 미학도 필요한 것이다. 고통의 시공간을 살아나감에 있어 분명한 사실 하나는, 문이 벽으로 느껴질 때조차 벽 앞에서 좌절의 끝을 봐선 안 된다는 것이다. 긍정적인 삶은 벽을 문이라고 인식하는 데에서 시작된다. 이런 얘기는 재미없다고 생각할지도 모르겠다. 그러나 이 비유가 식상하다고만 할 수 없는 것은 이 비유의 정직성 때문이다. 고리타분하게 느껴질지언정 문과 벽의 가변성을 기억한다면 벽이라는 문은 통로가 될 수 있다. 인생은 미로고, 미로를 통로로 만드는 건 우리 자신의 선택과 의지다. 《파사주》는 그러한 진실을 말하고 있는 소설이다. 더불어 중요한 사실은 이 책이 두 번째 포르부 여행이 될 거라던 좋은 예감이 틀리지 않았다는 것이다.

작가의 말

　이 소설은 길 위에서 쓰였다. 허황된 문장을 쓸 때조차 그랬다.

　장항과 서천, 임실, 지리산, 화순, 완도, 강진과 해남을 다니며 초고를 쓴 때가 2008년이었다. 그때도 제목은 '파사주'였다. 그 시절 나는 그런 이야기가 몹시도 필요했다. '나'라는 화자가 등장하는 선형적 3부 구성의 소설이었다.
　그리고 2023년, 이 소설을 완전히 다시 쓰기로 결심했을 때 나는 광명, 원주, 지리산, 진도, 제주도에 있었다. 이제 '나'는 사라지고 유림과 해수가 등장했으며, 소설은 비선형

적 6장 구성을 갖추게 되었다.

그래서 이 소설 곳곳에는 내가 두 발로 직접 밟은, 이 땅의 잊힌 흔적들이 스며 있다. 이를테면 신림(神林)은 내가 자란 원주 치악산 자락에 있는 실제 지명이다. 어릴 적부터 왜 그런 이름일까 궁금했는데, 정말로 '신의 숲'이라서 그렇다는 걸 몇 해 전에야 알았다. 신령한 성황당을 품고 있는 그 오래된 숲은 평소 출입이 통제되다가 1년에 두 번만 개방되는 특별 보호 구역이다.

이처럼 성스럽고 잊힌 공간들, 아픈 역사가 있는 장소들과 슬픔을 달래주는 장소들이 소설 속에 녹아들어 있다. 지리산 아래는 두 번 찾아갔다. 처음엔 둘이서, 나중엔 혼자서. 어둠 속에서 새까만 산을 노려보고 있을 때 어떤 노래가 내 안으로 흘러들었다. "힘들어도 어쩌겠나, 눈물 나도 어쩌겠나, 애들이 가자는데 어쩌겠나." 그 노래가 끝내 나를 진도로 이끌었고, 소설의 마지막 장은 그곳에서 쓰였다.

그 길엔 동행도 있었다. 앞길을 밝혀준 스승과 함께 길을 걸은 가족, 갈림길마다 같이 방향을 고민한 한겨레출판의 최해경·박선우 편집자, 마지막 이정표를 세워준 박혜진 평론가. 그리고 놀라운 인내심과 다정한 무관심으로 길의 가장자리를 지켜준 사람들. 모두가 나의 길잡이였다.

그리고 만약 이 소설을 읽고 '길잡이'라는 말에서 어떤 이야기들이 떠오른다면, 그건 내가 빌려온 오래된 이야기 전통들 때문이다. 동서고금의 유명한 길잡이들이 등장하는 이야기 말이다. 눈 밝은 독자라면 어떤 작품들인지 짐작할 수 있을 것이다.

물론 이처럼 뭉뚱그려 말할 수 없는 부분도 있다. 이를테면 소설 속 '얼음물고기'는 신동옥 시인의 동명 시와 그의 문우 박장호 시인의 신동옥 시인론 〈두 마리의 물고기로 얼어붙은 '우리'〉에서 단어와 개념을 빌려왔다. 성경 인용은 《개역개정판 성경》의 창세기에서, '흙·물·불·공기·의식'에 대한 부분은 《티벳 사자의 서》에서 가져왔다.

내게 소설 쓰기는 여정(旅程)이 아니다. 그보다 훨씬 더 격렬한 어떤 것이다. 그럼에도 여정이라 부르고 싶은 건, 함께 떠난 이들이 있었기 때문이다. 모두 감사드린다.

마지막으로 생각나는 장면이 있다.

파사주(破四柱)는 말 그대로 사주, 즉 주어진 운명을 깨뜨린다는 뜻이기도 하지만 동시에 사주를 볼 때 쓰는 용어이기도 하다. 궁합(宮合)이 남녀의 관계를 가늠하는 전통적인 개념이라면, 파사주는 남녀뿐 아니라 남자와 남자, 여자와 여자, 부모와 형제, 스승과 제자, 친구와 적까지 인간 대 인간의 모든 관계를 망라한다. 다시 말해, 나의 사주만으로 운명을 재단하는 것이 아니라, 나와 주변 사람들 사이의 관계로 그 운명을 함께 살펴보는 것이다.

    내가 쓰고 있는 소설의 제목이 파사주라고 했을 때 눈을 동그랗게 뜨던 동생의 얼굴이 떠오른다. 알 듯 말 듯한 이 제목의 의미를 풀어주자 평소와는 사뭇 다른 표정으로 재밌겠는데, 했다. 어릴 적부터 어쩔 수 없이 나의 독자가 되어주기는 했으나 읽기를 좋아하지 않는다는 건 알고 있었다. 당시 우리는 둘 다 지쳤고, 몹시도 파사주가 필요한 시절이라 그랬으려니 생각한다. 이제 그는 이 소설을 읽지 못할 세상으로 영영 떠나버렸다. 매일 그를 생각하는 건 아니지만, 이 글을 쓰려니 생각나지 않을 수가 없다.

언제나 지복과 사랑이 함께하길 빈다.

2025년 가을, 덕소에서
강성봉

파사주

ⓒ 강성봉 2025

초판 1쇄 인쇄 2025년 9월 15일
초판 1쇄 발행 2025년 9월 20일

지은이 강성봉
펴낸이 유강문
문학팀 박선우 최해경 박지호
마케팅 김한성 조재성 박신영 김애린 오민정

펴낸곳 ㈜한겨레엔 www.hanibook.co.kr
등록 2006년 1월 4일 제313-2006-00003호
주소 서울시 마포구 창전로 70 (신수동) 화수목빌딩 5층
전화 02-6383-1602~3 팩스 02-6383-1610
대표메일 munhak@hanien.co.kr

ISBN 979-11-7213-321-4 03810

· 값은 뒤표지에 있습니다.
· 파본은 구입하신 서점에서 바꾸어 드립니다.
· 이 책의 일부 또는 전부를 재사용하려면 반드시 저작권자와 ㈜한겨레엔 양측의 동의를 얻어야 합니다.